http://www.bbulmedia.com

http://www.bbulmedia.com

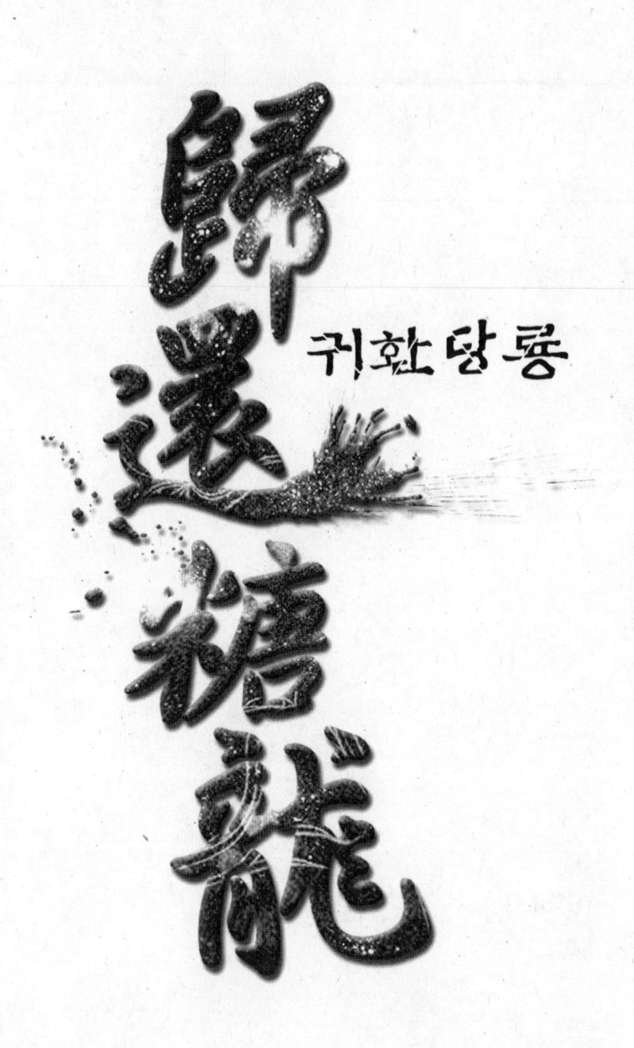
歸還糖龍
귀환당룡

4
귀환당룡
서유락 신무협 장편 소설

목 차

1장
엄마 서문화경

염마 곡양.

마교의 장로이자, 현재 마교 서열 오 위에 이름을 올리고 있는 초절정 고수인 곡양이 미간을 찌푸렸다.

"짜증나는군!"

마교 청해지단이 정체를 알 수 없는 흉수 둘에 의해서 멸문지화를 입은 것은 무척 큰 사건이었다.

마교 내에서도 이번 사건에 대해서 예의주시하고 있는 상황.

그래서 이번 사건의 조사를 마교의 장로이자 수뇌부인 자신에게 맡긴 것이었다.

마교 청대지단의 멸문에 대한 자세한 경위를 알아보라는

천마 마선풍의 명령을 받고 일단 청해성으로 찾아오긴 했다.

그렇지만 어디서부터 조사를 시작해야 할지 몰라서 막막했다.

게다가 곡양에게 주어진 임무는 하나가 아니었다.

"백화장? 그리고 색마 선대수?"

백화장은 곡양이 이름조차 들어 본 적이 없는 장원이었다.

그리고 자신이 이름을 들어 보지 못 했다는 것은 규모가 아주 작은 장원이라는 것을 의미했다.

청해성 구석에 위치한 자그마한 장원에 대체 왜 관심을 가진단 말인가?

색마 선대수도 마찬가지였다.

선대수의 이름 앞에 붙어 있는 색마라는 별호를 처음 듣고서 마교의 제자인 줄 알았으니 더 말해서 무엇할까?

속된 말로 듣보잡이라고 해도 과언이 아닌 장원과 인물에 대해서 철저하게 조사하라는 명령은 영 달갑지 않았다.

"까짓것 다 쓸어버려야지!"

곡양이 불쾌한 감정을 감추지 않고 드러냈다.

솔직히 말하면 지금 곡양에게 중요한 것은 이딴 것이 아니었다.

요즘 들어서 마교 내부 극상층에서 벌어지는 권력 다툼

은 무척 치열했고, 지금도 치열하게 진행되고 있었다.

한발만 잘못 삐끗하면 끝이 보이지 않는 낭떠러지로 추락할 수도 있는 것이 권력다툼의 세계.

그 세계에 곡양도 이미 깊숙이 발을 담그고 있었다.

그리고 권력 다툼의 세계에서 가장 중요한 것은 결국 세력이었다.

얼마나 많은 추종자를 보유하고 있느냐.

그리고 그 추종자들이 가진 세력이 어느 정도이냐.

권력 다툼의 승패는 대부분 여기서 갈렸다.

그런 면에서 단주로서 마교 청해지단을 이끌던 척운경과 천살귀의 죽음은 곡양에게 엄청난 손실이었다.

열렬한 추종자를 한꺼번에 둘씩이나 잃었으니까.

게다가 마교 청해지단이라는 세력까지 함께 잃어버린 셈이었다.

그래서 곡양은 지금 척운경과 천살귀의 죽음 때문에 잔뜩 분노한 상태였다.

"장로님!"

"무슨 일이지?"

"맹호표국의 표행을 발견했습니다."

"그거 듣던 중 반가운 소리군."

곡양이 마교를 나선 후, 처음으로 웃음을 지었다.

가슴속에 들끓는 분노를 풀 곳을 마땅히 찾지 못 해서 화병이 날 지경이었다.

그런데 마침내 이 분노를 풀어낼 상대를 찾은 셈이었다.

"그놈 이름이 뭐라고 했지?"

"누구를 말씀하시는 겁니까?"

"백화장주 애새끼."

"서순풍과 서진풍이라고 했습니다."

"서순풍, 그리고 서진풍!"

곡양이 그 이름들을 되뇌었다.

사건 조사를 위해서 청해성으로 떠나기 전에 장로전으로 불쑥 찾아왔던 마뇌는 마교 청해지단의 멸문에 백화장이 어떤 식으로든 연관이 있을 거라고 귀띔해 주었다.

그래서 백화장에 대해서 조사한 결과, 백화장 장주의 아들인 서순풍과 서진풍이 맹호표국에 몸담고 있다는 사실을 알게 되었다.

곡양은 지체하지 않고 맹호표국으로 찾아갔다.

그렇지만 그곳에서 서진풍을 만날 수 없었다.

마침 표행을 나섰기 때문이었다.

'다 쓸어버릴까?'

바쁜 시간을 쪼개서 맹호표국까지 찾아갔음에도 두 놈을 만나지 못 하게 되자, 신경질이 났다.

그래서 맹호표국을 강호에서 지워 버릴까도 고민했지만, 아까운 시간 낭비라는 생각이 들어서 그만두었다.

지금은 서진풍이라는 놈을 찾는 것이 우선이었다.

그래서 바로 맹호표국의 표행을 뒤쫓았고, 마침내 표행을 따라잡는 데 성공한 것이었다.

"어서 가지!"

"장로님!"

"또 왜? 찾았다면서?"

"문제가 하나 생겼습니다."

"문제?"

"우리보다 먼저 맹호표국의 표행을 막아선 자들이 있습니다."

"누군데?"

"용봉단원들입니다."

"용봉단?"

"용봉단은 무림맹 휘하의 단체입니다."

"그 정도는 나도 알아. 잘나가는 집안 애새끼들 모아 놓은 곳이잖아. 그런데 그게 왜 문제가 되는데?"

"자칫 잘못하면 무림맹과 불필요한 시비가 발생할 수도 있습니다."

"불필요한 시비?"

"그렇습니다."

"그래서 어쩌자는 거야?"

"잠시 기다리면서 상황을 살펴보는 것이 좋을 듯합니다."

천마 마선풍은 만약의 사태를 대비한다는 명목으로 마교의 전투부대 중 한 곳인 마혈단을 붙여 주었다.

마혈단의 단주인 적충원이 조심스럽게 꺼낸 말을 듣고 있던 곡양이 더 참지 못 하고 눈살을 찌푸렸다.

지금 적충원의 태도는 신중하기 그지없었다.

그렇지만 곡양은 지나칠 정도로 신중한 적충원의 성격이 마음에 들지 않았다.

'이게…… 마교야?'

마교가 대체 왜 마교인가?

상대가 누구든, 뒤가 어떻게 되든 상관하지 않고 수틀리면 용맹하게 맞서 싸우는 것이 마교도의 자세였고 정신이었다.

그런데 어느 순간부터였을까?

이런 마교의 정신이 훼손되고 있었다.

이건 이래서 안 되고.

저건 저래서 안 되고.

변명이 점점 많아졌다.

그리고 싸우기 전에 이것저것 재는 것이 점점 늘어날수록, 곡양은 언짢았다.

지금도 마찬가지였다.

무림맹 휘하 용봉단원들?

꽤 거창해 보이지만, 결국 대가리에 피도 안 마른 애새끼들을 모아 놓은 곳이었다.

그런데 용봉단에 속해 있는 애새끼들의 눈치까지 봐 가면서 대체 무슨 일을 도모한단 말인가?

딱 까놓고 얘기해서 용봉단 애새끼들 몇 명쯤 죽어도 상관없었다.

살인멸구!

아예 시체조차 못 찾도록 깊숙이 파묻어 버리거나 화골산으로 시체를 녹여 버리면, 누가 한 짓인지 어떻게 안단 말인가?

그리고 설령 마교가 한 일인 것이 들켜도 상관없었다.

그렇다고 해서 정파 놈들이 뭘 할 수 있단 말인가?

최악의 경우라 봐야 싸움을 거는 게 전부일 터.

마교의 세는 절대 약하지 않았다.

까짓것 정마대전 한 번 하면 될 것 아닌가.

까닥까닥.

곡양이 불편한 심기를 감추지 않고 적충원을 노려보며 손짓했다.

"너 이리 가까이 와 봐."

"네? 왜 그러십니까?"

"이 새끼가 오라면 올 것이지, 웬 말이 이렇게 많아? 뒈질래?"

"죄송합니다."

곡양이 긴장한 기색을 감추지 못한 채 곁으로 다가온 적충원의 귀를 잡아끌고서 귓속말을 건넸다.

"넌 여기 있어라."

"그게 무슨……."

"내가 가서 한 놈도 빠트리지 않고 다 쓸어버리고 올 테니까, 너는 네 수하들 데리고 여기서 꼼짝도 하지 말고 있으라고. 내 말 알아들었어?"

"하지만……."

"계속 말대꾸 하다가 내 손에 뒈지는 수가 있다."

"……."

"대가리에 피도 안 마른 용봉단 애새끼들이 무서워서 벌벌 떠는 네놈은 여기 조용히 숨어 있다가 나중에 나타나서 시체나 치워."

"……."

"알아들었냐고."

"조…… 존명!"

진득한 살기에 겁을 집어먹은 적충원이 마지못해 대답하는 것을 듣고서야, 곡양이 귀를 잡고 있던 손을 놓아 주었다.

그리고 뒷짐을 진 채로 곡양이 천천히 걸음을 옮기기 시작했다.

약 일각 정도 지났을까?

적충원의 보고대로 맹호표국의 표행과 표행을 가로막고 선 용봉단 애새끼들이 대치하고 있는 것이 보였다.

'어떻게 할까?'

곡양이 잠시 고민했다.

그리고 고민의 시간은 오래 걸리지 않았다.

'백화장주 자식 놈만 빼고, 일단 다 죽여 버리자.'

표물이 무엇인지, 표행의 목적지가 어디인지는 전혀 궁금하지 않았다.

지금 곡양에게 필요한 것은 서진풍이라는 딱 한 놈뿐이었다.

어차피 기분도 더러운 상황이니 분노를 풀 겸 다 죽이기로 결심한 곡양이 살기를 끌어 올리며 다가가다가 멈칫했다.

'이 반응은 뭐지?'

조금 이상했다.

자신이 누군가?

무려 마교의 장로씩이나 되는 초절정 고수였다.

그런 곡양이 진득한 살기를 흘리면서 지척까지 다가갔는데도 불구하고 아무도 신경을 기울이지 않았다.

'이것들이 다 동태 눈깔인가?'

사신(死神)이나 다름없는 자신이 등장했음에도 전혀 알아채지 못 하는 놈들을 확인한 곡양이 미간을 찡그렸다.

'내 무서움을 일깨워 줘야겠군!'

일단 표사 몇 놈의 머리통을 깨 부셔서 자신의 존재에 대해서 알리기로 결심했던 곡양이 도중에 다시 손을 거두었다.

'다들 뭘 보고 있는 거지?'

표두와 표사들의 시선이 모두 한 곳으로 향해 있었다.

그런 그들의 눈에 깃들어 있는 호기심을 확인한 곡양도 참지 못 하고 그곳으로 고개를 돌렸다.

그리고 곡양이 두 눈을 빛냈다.

'호오, 꽤 예쁜데!'

간만에 보는 미인.

마교 내에서는 찾아보기 힘든 미인이 눈에 들어왔다.

그리고 그 미인과 대화를 나누고 있는 자를 확인한 곡양이 미간을 찌푸렸다.

'저 돼지 새끼는 뭐야? 내 평생 저렇게 뚱뚱한 놈은 처음 보는군.'

한심하게 느껴질 지경이었다.

그래서 곡양이 고개를 절레절레 흔들고 있을 때, 용봉단에 속해 있는 미인이 입술을 지그시 깨문 채 말했다.

"서 소협에게 정말 실망했어요."

"나쁜 놈이네."

"남자가 잘못했네."

"그래도 전후사정은 들어 봐야……."

"전후사정? 그딴 게 뭐가 중요한가? 저렇게 아름다운 여인의 마음을 아프게 한 것만으로도 무조건 남자가 잘못한 거야."

"그렇긴 하네."

표사들 사이에서 오가는 대화!

'응?'

그 대화를 엿듣던 곡양이 다시 두 눈을 빛냈다

처음에는 단순한 대치 상황인 줄 알았다.

그런데 그게 아니었다.

표사들의 얘기를 들어 보니 저 뚱뚱한 놈과 아름다운 여인이 보통 사이가 아닌 듯 했다.

'설마…… 에이, 아니겠지.'

아무리 좋게 봐도 전혀 어울리지 않는 남녀였다.

그래서 설마설마하던 곡양이 아름다운 여인의 눈빛을 확인하고 흠칫했다.

뚱뚱한 놈을 향해 말하고 있는 아름다운 여인의 두 눈에 깃들어 있는 감정은 분명히 애증이었다.

아무래도 그 설마가 맞는 것 같았다.

'이거 점점 재밌게 돌아가네!'

원래 불구경 다음으로 재밌는 것이 싸움 구경, 그중에서도 사랑 싸움 구경이 아니던가.

그래서 곡양이 아예 팔짱까지 낀 채 지켜보기 시작했을 때였다.

"대체 왜 색마 선대수를 서 소협이 비호하는 거죠?"

'뭐라고? 색마 선대수?'

곡양이 팔짱을 낀 양팔에 힘을 더했다.

색마 선대수라는 놈을 찾는 것도 자신에게 주어진 임무 중 하나였다.

그런데 지금 오가고 있는 대화를 가만히 들어 보니, 색마 선대수라는 놈도 여기에 섞여 있는 것 같았다.

'꿩 먹고 알 먹은 셈이군. 귀찮은 일을 하나 덜겠어!'

곡양이 반색하며 상황을 좀 더 유심히 살피기 시작했다.

"난 서 소협에게 검을 들고 싶지 않아요. 그러니까 지금이라도 색마 선대수를 비호하지 말고 물러나세요."

"난 그럴 수 없어요."

아름다운 여인의 말이 끝나자마자 뚱뚱한 놈이 칼로 자르듯 단호하게 대답했다.

또르륵.

아름다운 여인의 뺨을 타고 한 줄기 눈물이 흘러내리는 것이 보인 순간이었다.

"진짜 나쁜 놈이네."

"저런 나쁜 놈하고 한솥밥을 먹고 있었다니."

"마누라가 울 때보다 수십 배 더 슬프군."

"수십 배?"

"수백 배!"

"저 나쁜 놈, 내가 반쯤 죽여 놓을까?"

아름다운 여인이 흘리는 눈물로 인해 분기탱천한 표사들이 저마다 한마디씩 내뱉는 것을 듣던 곡양이 주먹을 꽉 움켜쥐었다.

딱히 이유는 없었다.

어차피 생면부지의 연놈들이었으니까.

그런데 왜일까?

분위기에 휩쓸린 탓인지 몰라도 이상하게 저 뚱뚱한 놈에게 화가 났다.

"저 새끼, 내가 죽일까?"

곡양이 고민하는 사이, 다시 대화가 이어졌다.

"대체 왜죠?"

"그는 좋은 강호인이니까요."

"색마 선대수는 좋은 강호인이 아니라 악인 중의 악인이에요. 힘없는 여인들을 겁간한 것으로 모자라……."

"누명을 썼을 뿐이에요."

"그 생각, 변함이 없나요?"

"확신이 있으니까요."

하아.

여인의 작고 붉은 입술을 비집고 새어 나온 한숨 소리가 곡양의 가슴까지 아프게 만들 지경이었다.

"서 소협, 마지막으로 충고할게요. 서 소협이 이러면 백화장까지 위험해진다는 거, 정말 몰라요?"

'응? 백화장? 그럼 저 뚱뚱한 놈이 백화장주의 자식이었어?'

곡양이 다시 두 눈을 빛냈다.

하지만 아무리 살펴봐도 압도적으로 뚱뚱한 젊은 놈은 전혀 고수처럼 보이지 않았다.

'척운경과 천살귀가 저딴 놈에게 죽었다고?'

이건 말도 안 되는 소리였다.

그래서 분명히 뭔가 착오가 있었을 거라고 판단하던 곡양이 다시 눈살을 찌푸렸다.

'저 새끼들은 또 뭐야?'

강한 기운을 가진 자들이 다가오고 있었다.

아직 이곳에 모습을 드러내기 전이었지만, 초절정 고수인 곡양의 날카로운 이목까지 속일 순 없었다.

그래서 곡양이 두 눈을 가늘게 뜬 채 강한 기운을 가진 자들이 다가오는 방향으로 시선을 던지고 있을 때였다.

"선 형은 좋은 사람이 틀림없어요."

"정말 끝까지……."

"아쉽지만 지금은 더 길게 설명할 시간이 없네요."

"그건 또 무슨 소리예요?"

"불청객이 찾아오고 있거든요."

"……?"

"아직 못 느꼈나 보네요. 적의를 품은 자들이 찾아오고 있어요."

"지금 이 상황을 벗어나려고 변명을 하는 것……."

"변명을 하고 있는 게 아니에요. 이제 곧 내 말이 틀리지 않았다는 걸 알게 될 거예요."

'응? 저 새끼, 뭐야?'

두 사람 사이에 오가고 있는 대화를 듣고 있던 곡양이 놀란 눈으로 압도적으로 뚱뚱한 놈을 살폈다.

지금 이곳으로 오고 있는 자들에게서 뿜어져 나오고 있는 강한 기운으로 보아 절정 고수들이 틀림없었다.

그렇지만 저들은 의도적으로 기운을 감춘 채 접근하고 있었다.

그래서 자신을 제외한 어느 누구도 저들이 다가오는 있다는 사실을 알아채지 못 할 거라 판단했는데.

'어떻게 알았지?'

무공도 익히지 않은 것처럼 보이는 저 뚱뚱한 놈이 저들의 존재를 대체 어찌 미리 알았단 말인가?

호기심이 치밀었다.

그래서 성미 급한 곡양이 더 기다리지 못 하고 앞으로 나섰다.

"어이, 뚱뚱한 애새끼."

"……."

"야, 대답 안 해?"

"나요?"

"그래. 여기 뚱뚱한 게 너밖에 더 있냐? 고개 돌릴 필요도 없어."

"듣고 보니 그렇긴 하네요. 그런데 왜 그러세요?"

"하나만 묻자."

"그런데 노인장은 누구세요?"

"노부는 염마다."

"……."

"마교의 장로지!"

어차피 여기 있는 놈들을 한 놈도 빠짐없이 다 죽일 생각이었다.

그래서 굳이 정체를 감출 필요가 없다고 판단한 곡양이 순순히 별호를 알려 주자, 뚱뚱한 젊은 놈이 깜짝 놀라는 것이 보였다.

아니, 뚱뚱한 젊은 놈만이 아니었다.

지금 이곳에 모여 있는 모든 놈들이 자신의 정체에 대해 듣고서 깜짝 놀라고 있었다.

하지만 당혹스럽지는 않았다.

익숙한 반응.

염마라는 별호가 가지는 무게는 절대 가볍지 않았다.

자신이 정체를 밝혔을 때, 이런 반응이 돌아오는 것이 당연했다.

그래서 곡양이 흡족하게 웃고 있을 때였다.

"방금…… 뭐라고 했어요?"

"노부가 바로 염마라고 했다."

"염마?"

"그래."

쉽게 믿기지 않는 걸까?

재차 질문하는 뚱뚱한 젊은 놈에게 곡양이 다시 친절하게 확인해 주었을 때였다.

"깜짝 놀랐네."

"그래. 놀랄 만하지. 노부의 별호가 가진 무게는 적지 않으니까."

곡양이 고개를 끄덕이며 설명해 주었을 때, 뚱뚱한 젊은 놈이 고개를 갸웃거렸다.

"처음 들어 보는데."

"응? 방금 뭐라 그랬느냐?"

"염마라는 별호, 처음 들어 본다고요."

"뭐라고?"

금시초문이라는 표정을 짓고 있는 뚱뚱한 젊은 놈을 확

인한 곡양은 기가 찼다.

"염마라는 별호를 들어 본 적이 없다고?"

"그렇다니까요."

"그런데 아까는 왜 그리 놀랐느냐?"

"내가 가장 무서워하는 사람과 별호가 비슷해서요."

"그게 누구냐?"

"엄마!"

곡양이 자신의 귀를 의심했다.

그리고 혹시 잘못 들은 게 아닐까 하는 생각이 들어서 재차 물었다.

"방금 누구라고 했느냐?"

"엄마요."

"엄마…… 라고?"

곡양이 재빨리 기억을 더듬었다.

그리고 엄마라는 별호를 쓰는 무인이 존재하는가를 떠올려 보았지만, 아무리 기억을 더듬어 봐도 엄마라는 해괴망측한 별호를 쓰는 무인은 기억에 없었다.

그래서 의아한 시선을 던지고 있을 때, 뚱뚱한 젊은 놈이 말했다.

"이름은 서문화경이에요."

"서문화경?"

"그 별호의 주인이죠."

"엄마 서문화경?"

"노인장 엄마가 아니라 내 엄마예요."

이게 대체 무슨 소리일까?

곡양이 머리를 쥐어짰다.

그리고 한참만에야 뚱뚱한 젊은 놈이 하는 말을 간신히 알아들을 수 있었다.

"설마 그 엄마가 네 엄마냐?"

"맞아요, 우리 엄마."

"……?"

"내가 세상에서 제일 무서워하는 사람이죠!"

"이 미친놈이! 죽고 싶으냐?"

곡양이 더 참지 못 하고 짜증을 냈지만, 뚱뚱한 놈은 전혀 겁먹지 않았다.

그리고 되려 질문을 던져 냈다.

"그런데 저 사람들, 노인장이 데리고 온 거예요?"

2장
누가 정했죠?

진풍은 이해가 가지 않았다.

예전이나 지금이나 진풍이 가장 무서워하는 것은 엄마 서문화경이었다.

그래서 솔직히 말했을 뿐인데, 염마라는 별호를 가진 노인은 대체 왜 저렇게 화를 내는 걸까?

'이상한 노인이야!'

갑자기 나타난 염마라는 노인에게까지 신경 쓰기에는 지금 진풍에게 닥친 상황이 너무 복잡했다.

그래서 진풍이 한숨을 내쉬었다.

모용수린이 갑자기 등장하면서부터 꼬이기 시작한 상황은 시간이 흐를수록 점점 더 꼬여만 갔다.

예고도 없이 염마라는 무시무시한 별호를 가진 마교의 장로가 나타난 것만으로도 골치가 아픈 판국인데, 거기에 더해서 복면을 쓰고 있어서 정체를 알 수 없는 한 무리의 무인들까지 가세했다.

"웬 놈들이냐?"

"……."

"……."

"보아하니 우리 쪽 애들은 아니로군. 우리 애들은 복면 따위는 안 쓰거든."

"왜요?"

"우린 나쁜 짓을 해도 당당하게 해."

"아, 네! 참 대단한 자랑거리네요."

"지금 비꼬는 거냐?"

"그런 거 아니거든요."

"아니면 말고."

진풍이 곡양에게 흥미로운 시선을 던졌다.

다혈질!

화도 잘 냈지만, 잊기도 잘했다.

'재밌는 노인이네!'

진풍이 씨익 웃는 사이 곡양이 복면인들을 노려보며 물었다.

"보자, 뭔가 구린 짓을 하긴 해야 하는데 정체는 감춰야 한다? 그럼 정파 놈들인가?"

곡양이 나름 날카로운 분석과 함께 흑의복면인들의 정체를 파악하기 위해 애썼지만, 아무 소용이 없었다.

흑의복면인들은 마치 약속이라도 한 듯 입을 꾹 다물고 있었으니까.

그리고 흑의복면인들이 스스로 입을 열지 않는 이상, 그들의 정체를 알 수 있는 방법은 없었다.

어쨌든 상황이 좋지 않은 것은 틀림없었다.

꿀꺽.

그래서 마른침을 삼킨 진풍이 혀를 내밀어 긴장으로 인해 바싹 말라 버린 입술을 훑으며 모용수린을 살폈다.

곡양과 복면인들이 예고 없이 등장하면서 급변해 버린 장내의 상황에 당황하고 있는 것은 모용수린 역시 마찬가지였다.

조금 전까지만 해도 자신을 향해 겨누고 있던 검극이 제대로 된 방향을 찾지 못 하고 우왕좌왕하고 있는 것이 그 증거였다.

모용수린에게 향해 있던 시선을 뗀 진풍이 다음으로 염마 곡양을 살폈다.

'대단한 고수!'

마교의 장로인 곡양은 엄청난 고수였다.

진풍이 하산한 후에 만났던 무인들 가운데 가장 실력이

뛰어난 고수는 현무빈이었다.

그렇지만 곡양을 만난 후, 그 순위가 바뀌었다.

곡양은 현무빈보다 훨씬 대단한 고수였다.

그런데 염마 곡양만 고수가 아니었다.

갑자기 모습을 드러낸 흑의복면인들도 역시 고수였다.

물론 염마와 일대일로 비교를 한다면 조금 손색이 있었지만, 대단한 고수인 것은 틀림없었다.

게다가 복면인들은 무려 다섯이었다.

복면인들이 합공을 펼친다면, 아무리 곡양이라고 해도 손쉽게 승리를 장담하지 못 하리라.

'대체 어디서 이런 고수들이 갑자기 튀어나온 거야?'

흑의복면인들을 살피고 있던 진풍은 이내 자신의 질문이 잘못됐다는 것을 깨닫고 곧 정정했다.

'이렇게 대단한 고수들이 대체 왜 여기 나타난 거지?'

보통 사람이라면 평생 살아가면서 한 번도 만나기 힘들 정도로 대단한 고수들이 한두 명도 아니고 떼로 몰려들어 있었다.

그리고 거기에는 분명히 이유가 있을 터였다.

'선 형 때문인가?'

이런 고수들이 몰려든 이유에 대해 떠올리다 보니 가장 먼저 짚이는 것은 선대수였다.

선대수라는 이름 앞에 색마라는 달갑지 않은 별호가 달

라붙으며 무림공적이 된 선대수를 노리는 자들은 많았다.

당장 모용수린을 포함한 용봉단원들도 선대수를 잡기 위해 여기에 몰려들었다.

그렇지만 진풍은 고개를 절레절레 흔들었다.

염마 곡양이나 흑의복면인들이 이곳에 나타난 목적은 왠지 선대수 때문이 아닐 거라는 생각이 들었다.

이건 좀 더 정확히 확인해 볼 가치가 있었다.

그래서 진풍이 선대수에게 물었다.

"선 형, 하나 궁금한 게 생겼는데요."

"아우님이 궁금한 게 대체 뭔가?"

"이렇게 대단한 고수들이 떼로 몰려들 정도로 형님이 중요한 사람인가요?"

"내 생각엔 아닐세."

"내 생각도 그래요."

"왜지? 아우님 말을 듣고 나니 살짝 기분이 상하려고 하는군."

선대수가 고개를 갸웃거렸지만, 진풍은 가볍게 무시한 채 다시 생각에 잠겼다.

만약 선대수를 제외한다면, 아무리 생각해도 남은 이유는 하나뿐이었다.

표물!

어쩌면 간단한 문제를 복잡하게 생각한 것인지도 몰랐다.

보통의 경우에 표행을 찾아와서 앞을 가로막는 이유는 표물을 노리기 때문인 것이 대부분이었으니까.

'저 표물이 그리 중요한 건가?'

자연스레 조금 전에 선대수에게 건넸던 표물인 밀봉된 봉투 속에 들어 있는 내용물에 대해서 호기심이 일었다.

하지만 이미 건넨 마당이니 다시 돌려 달라고 할 수도 없는 노릇이었다.

쩌업.

그래서 진풍이 입맛을 다시며 상황을 살폈다.

'마지막 보진단을 복용하면 이 위기를 넘길 수 있을까?'

진풍이 믿는 구석은 이제 마지막 하나 남은 보진단이었다.

그래서 보진단을 복용했다고 가정하고 진풍이 대결의 양상을 가늠해 보았지만, 여전히 답은 하나였다.

'불가능해!'

지금 여기 모인 자들은 전부 진짜배기 고수들이었다.

설령 진풍이 보진단을 복용한다 하더라도, 여기 모여 있는 고수들을 모두 상대하는 것은 무리였다.

솔직히 말하면 보진단을 복용한다고 하더라도, 마교의 장로인 곡양을 상대하는 것만으로도 벅찼다.

'만약 모두 힘을 합친다면?'

진풍은 본격적인 대결이 펼쳐졌을 때, 우군이 되어 줄 수 있는 자들의 면면을 살폈다.

우선 맹호표국의 국주인 방천호를 비롯한 표사들은 별 도움이 되지 않을 터였다.

염마 곡양이나 흑의복면인들의 일 초식도 감당하지 못할 실력이었으니까.

그렇지만 맹호표국의 비밀병기라 할 수 있는 특별한 쟁자수들은 달랐다.

현무빈과 남궁도의 실력이라면 흑의복면인들과 맞상대를 하더라도 그리 쉽게 당하지는 않을 터였다.

그리고 용봉단원들도 일류 고수였다.

비록 흑의복면인들을 제압하지는 못 하더라도 시간은 꽤 끌 수 있으리라.

하지만 진풍은 이내 고개를 흔들었다.

만약 진풍이 머릿속으로 그리고 있는 그림이 성사되려면 모두 의기투합해서 한 몸처럼 움직여야 했다.

그렇지만 그게 가능할 리가 없었다.

아무리 고민해 봐도, 어느새 최악의 상황으로 치달아 있는 이번 위기를 무사히 넘기기는 벅찼다.

'어떻게 해야 하지?'

눈앞이 아득해졌다.

당황한 탓일까?

머리도 제대로 돌아가지 않았다.

제대로 답을 찾을 수 없는 상황 때문에 한숨만 푹푹 내쉬고 있던 진풍이 등에 매고 있던 봇짐 속으로 손을 집어넣었다.

그리고 봇짐 속에 넣어 두었던 당과를 꺼내서 입속으로 밀어 넣었다.

"아우님!"

"왜요?"

"아우님은 지금 상황에 당과가 넘어가는가?"

선대수가 한심하다는 듯이 바라보며 핀잔을 건넸지만, 진풍은 이번에도 무시했다.

달달한 당과를 먹고 나자, 비로소 멈추었던 머리가 다시 돌아가기 시작했다.

'그래! 죽으란 법은 없잖아!'

주위를 바쁘게 살피던 진풍의 시선이 염마 곡양에게서 멈추었다.

"마교의 장로씩이나 되시는 분이 탐내고 있는 표물이 대체 뭐죠?"

"표물?"

"표물 때문에 여기 오신 거잖아요?"

"표물이라니. 그게 무슨 소리냐?"

"표물 때문이 아니에요? 그럼 여긴 왜 나타난 건데요?"

"너 때문이다."

"나…… 요?"

"그래."

뜻밖의 대답이었다.

그래서 진풍이 다시 물었다.

"날 왜 찾아왔는데요?"

"물어볼 게 있어서."

대체 뭘 묻고 싶어서 귀하신 마교의 장로께서 여기까지 행차한 걸까?

다시 호기심이 치밀었지만, 진풍은 그 호기심을 고이 접어 두었다.

지금은 그딴 게 중요한 게 아니었으니까.

'목적이 다르다?'

여태까지는 마교의 장로인 염마 곡양과 흑의복면인들의 목적이 같다고 판단했다.

그러나 그건 진풍의 오판이었다.

모두 목적이 달랐다.

'용봉단의 목적은 선대수, 염마 곡양의 목적은 나, 그리고 저 복면인들의 목적은 표물이로군.'

진풍의 입가로 희미한 웃음이 떠올랐다.

서괴 사부는 말했다.

아무리 고민해 봐도 살 길이 보이지 않을 때 가장 먼저 해야 할 일은 퇴로를 확보하는 것이라고.

그리고 만약 퇴로까지 막혔을 때는 변수를 찾아야 한다고.

'변수는 염마로군!'

차력타력(借力打力).

지금은 남의 힘을 빌려서 또 다른 적을 상대해야 했다.

그리고 그것을 위해서는 염마가 맹호표국의 칼이 되어야 했다.

진풍이 마지막으로 점검하듯 주변을 살피다가 안절부절하지 못 하고 있는 선대수를 발견하고 물었다.

"거기서 뭐해요?"

"응?"

"가야죠."

"어딜?"

"엿 먹이러."

"그래. 엿 먹이러 가야지."

"그런데 왜 아직 안 갔어요?"

진풍이 진즉에 표물을 가지고 떠나라고 충고했지만, 선대수는 아직도 떠나지 않고 미적대고 있었다.

"그게……."

진풍이 재차 재촉했지만 선대수는 쉽게 발걸음을 옮기지 못 하고 망설였다.

그리고 진풍은 선대수가 망설이고 있는 이유를 짐작할

수 있었다.

선대수라고 해서 지금 이곳에 나타난 자들이 대단한 고수라는 사실을 알아채지 못 했을 리 없었다.

그리고 이런 고수들이 여기에 나타난 이유가 자신 때문이라고 짐작했기 때문에, 남겨질 이들에게 미안해서 선뜻 떠나지 못 하는 것이리라.

"얼른 가세요."

"……?"

"그게 우리를 돕는 거니까요."

진풍이 거듭 재촉하고 나서야 선대수가 고개를 끄덕였다.

그리고 선대수가 결심을 굳히고 마침내 떠나려 하자, 팽팽하게 균형을 이룬 채 대치하고 있던 상황에 작은 균열이 발생하기 시작했다.

"멈추어라!"

선대수가 신형을 돌려 신법을 펼치는 것을 발견한 홍대용이 소리를 질렀다.

나름 비장한 목소리였지만, 선대수는 신법을 펼치는 것을 멈추지 않았다.

그리고 그사이에도 진풍은 바쁘게 움직였다.

방천호의 곁으로 다가간 진풍이 물었다.

"혹시 여기서 밤 샐 거예요?"

"응? 그게 무슨 소린가?"

"표행을 포기할 생각은 아니죠?"

"물론 그건 아니지만…… 지금 상황이……."

"내게 맡겼던 표물은 무슨 수를 써서라도 지킬 테니까, 일단 여기를 빠져나가야 해요. 지금 바로 출발해요."

"지금?"

"계속 지체해 봐야 상황은 더 나빠질 뿐이에요."

"그렇긴 하지. 미안하네."

"뭐가요?"

"자네에게 너무 큰 짐을 지운 듯해서."

"알면 됐어요."

"자네도 알겠지만 표국에게 있어서 가장 중요한 것은 신뢰라네. 그러니 표물을…… 끝까지 지켜 주게."

방천호는 진풍이 표물을 선대수에게 이미 넘겼다는 사실을 아직 몰랐다.

그래서 비장한 표정을 지은 채 당부했다.

그 당부를 한 귀로 흘리며 진풍이 흑의복면인들의 반응을 살폈다.

흑의복면인들은 절정고수들이었다.

그런 그들이 지금 진풍이 방천호와 나눈 대화를 놓쳤을 리가 없었다.

예상대로 바쁘게 눈짓을 교환하고 있는 흑의복면인들의 모습을 확인한 진풍이 두 눈을 빛냈다.

이제 난국을 타개할 변수는 마련한 셈이었다.

그리고 이 변수가 효력을 발휘하려면 서둘러야 했다.

제대로 생각을 정리하고 계획을 세울 틈을 주면 안 됐다.

급박하게 전개되는 상황에 흑의복면인들이 당황하고 있는 지금이 유일한 기회라고 해도 과언이 아니었다.

이제부터는 혼전이 펼쳐질 터.

이럴 때일수록 정신을 더욱 바짝 차려야 했다.

"표행을 다시 재개한다!"

진풍의 재촉을 들은 방천호가 소리쳤다.

그리고 그 외침이 끝나기도 전에, 진풍이 염마 곡양에게 말했다.

"아까 내게 묻고 싶은 게 있다고 했었죠?"

"그래."

"나중에 물으세요."

"뭐라고?"

"내가 지금 표행 때문에 좀 바쁘거든요. 그런데 나중에 질문에 대답할 기회가 있을지 모르겠네요."

"……?"

"그전에 죽을지도 모르겠거든요."

"흥, 감히 어떤 놈들이 내 허락도 없이……."

염마 곡양이 말을 끝맺기도 전에 흑의복면인들이 움직였다.

진풍에게 표물이 있다고 판단한 흑의복면인들이 쇄도하는 순간, 염마 곡양이 노기를 감추지 않고 소리쳤다.

"이 건방진 새끼들이 지금 내 말을 씹어?"

'왜일까?'

색마 선대수는 악인이었다.

입에 담기도 힘든 악행들을 일일이 열거하기도 힘들 정도로 저질러서, 무림공적으로 지목됐을 정도로 악인이었다.

그런데 서진풍이 악인인 선대수를 비호하려고 드는 것이 모용수린으로서는 이해가 가지 않았다.

"선대수가 좋은 강호인이라고?"

서진풍은 크게 착각하고 있었다.

그리고 그 착각에서 빠져나오지 못하고 있었다.

'어쩌지?'

모용수린이 고민에 잠겼다.

서진풍은 생명의 은인이었다.

그런 서진풍에게 검을 겨누고 싶은 마음은 없었다.

그렇지만 색마 선대수를 잡는 임무를 완수하기 위해서는 서진풍에게 검을 겨눌 수밖에 없었다.

마음이 찢어질 만큼 아팠지만, 선택의 여지가 없었다.

모용수린은 한 명의 여인이기 이전에, 임무를 수행하기 위해서 나선 용봉단의 단원이었으니까.

'내가 서 소협에게 검을 휘두를 수 있을까?'

일단 검을 겨누긴 했다.

그렇지만 이 검을 서진풍에게 휘두를 자신은 없었다.

그래서 마교의 장로인 염마 곡양과 정체를 알 수 없는 흑의복면인들이 예고도 없이 나타난 것이 오히려 다행이란 생각마저 들었다.

'일단 선대수를 잡는 것이 최우선이야!'

불청객들이 등장하면서 상황은 복잡하게 얽혀 가고 있었다.

그렇지만 상황이 복잡하게 변할수록 단순하게 움직여야 한다는 것을 모용수린은 잘 알고 있었다.

용봉단의 임무는 하나!

선대수를 잡는 것 하나만 생각하고 움직이기로 결심한 모용수린이 다른 용봉단원들과 시선을 교환했다.

"우리는 선대수를 잡죠!"

염마 곡양과 정체불명의 흑의복면인들이 신경이 쓰이는 것은 사실이었다.

그렇지만 색마 선대수가 신법을 펼쳐서 여기서 도망치는 것을 손 놓고 바라보기만 할 수는 없는 노릇이었다.

그래서 모용수린이 더 망설이지 않고 앞장서자, 용봉단원들이 바로 합류하며 선대수를 뒤쫓았다.

다행인 점은 염마 곡양이나 흑의복면인들이 자신들을 방

해하기 위해서 움직이지 않는다는 점이었다.

해서 모용수린이 안도의 한숨을 내쉬었을 때였다.

한 사내가 앞을 가로막았다.

"비켜요."

"미안하지만 그렇게는 안 되겠네."

"왜 안 된다는 거죠?"

"선 형은 내 동료이기 때문이지."

"동료?"

"나는 선 형과 함께 맹호표국의 쟁자수로 일하고 있는 현무빈이네."

모용수린이 슬쩍 미간을 찌푸렸다.

그리고 현무빈이란 사내를 베고 지나가야 할지 고민하고 있을 때였다.

"고작 표국의 쟁자수 따위가 겁도 없이 우리의 앞을 가로막느냐? 우리가 누군지 모르느냐?"

"죽고 싶지 않으면 썩 비켜라!"

홍대용과 팽문호가 살기를 감추지 않고 드러내며 소리쳤다.

그렇지만 현무빈은 전혀 겁을 먹지 않았다.

스릉.

허리에 걸린 검집에서 천천히 빼내 들어 올리며, 팽문호의 말을 따르지 않겠다는 의지를 드러냈다.

모용수린이 그제야 현무빈을 다시 살폈다.

스스로 맹호표국의 쟁자수라고 밝혔지만, 일견 살피기에도 평범한 쟁자수처럼 보이지는 않았다.

무공을 모르는 쟁자수라 여기기에는 현무빈의 기도가 범상치 않았다.

그래서 모용수린이 조심스럽게 말했다.

"색마 선대수는 수많은 악행을 저질러서 무림공적이 된 자입니다. 만약 끝까지 그를 비호하려 한다면 당신도 무사하지 못 할 거예요."

"그건 협박인가?"

"그래요, 협박이라고 생각해도 무방해요."

"웃기는군!"

"……?"

"누가 정했지?"

"그게 무슨 소리죠?"

"무림공적이라는 것, 대체 누가 정했냐고?"

"그야……."

"무림맹주겠지."

이건 사실이었다.

선대수를 무림공적으로 지목하고 선포한 것은 무림맹주인 백문성이었다.

하지만 그게 무슨 문제란 말인가.

그래서 모용수린이 물었다.

"지금 그게 중요한가요?"

"중요하지."

"왜 중요하죠?"

"매일 집무실에 틀어박혀서 지내는 늙은이가 선 형이 악행을 저지르는 것을 직접 봤나? 대체 무슨 근거로 선 형이 악인이라고 확신하는 거지? 내 생각에는 선 형에게 누명을 씌운 것 같은데."

현무빈의 이야기를 듣던 모용수린의 말문이 순간 막혔다.

여태까지는 색마 선대수가 당연히 악인이라고 판단했다.

그 이유는 그가 무림공적으로 선포되었기 때문이었다.

그렇지만 지금 현무빈이 확신에 찬 목소리로 꺼낸 이야기로 듣고 나자, 그 믿음이 잠시 흔들렸다.

모용수린은 선대수가 악행을 저지르는 것을 보지 못했다.

그뿐이 아니었다.

선대수에게 겁간을 당하거나 죽었다고 알려진 수많은 여자들의 가족들을 직접 만난 적이 없었다.

"선 형은 악인이 아냐."

"……."

"오히려 좋은 사람이지."

현무빈이 쐐기를 박듯이 덧붙인 말을 듣고서 모용수린이 지그시 입술을 깨물었다.

"궤변이에요."

"궤변이라?"

"그럼 이번에는 내가 묻죠."

"말해."

"당신은 어떻게 그가 좋은 사람이라는 걸 알죠?"

"그야 직접 겪어 봤으니까."

"하지만 그건……."

"그리고……."

모용수린의 말을 현무빈이 도중에 자르며 한마디를 덧붙였다.

"내 누이가 그런 형편없는 자를 사랑했을 리 없으니까."

누이는 죽었다.

그리고 누이는 생의 마지막 순간까지 다 잊고 살라고 당부했지만, 현무빈은 누이의 죽음을 그냥 덮을 수 없었다.

하나뿐인 피붙이였으니까.

제 몸보다 아끼던 누이였으니까.

누이가 그것을 원치 않더라도 상관없었다.

이건 누이가 말릴 수 있는 것이 아니었다.

사랑하던 사람의 죽음에 의문을 품고 진실을 찾아가는 것은 살아남은 사람에게 주어진 권리였기 때문이었다.

"내가 무슨 수를 써서라도 찾아내겠소."

막상 큰소리를 치긴 했지만, 사실 막막했다.

어디서부터 조사를 시작해야 할지 몰랐기 때문이었다.

'우선은 누이가 사랑한 사람이 누군지 알아내야 해!'

누이가 죽기 전에 만나고 사랑했던 사람이 누구인가를 알아내기 위해서 이 잡듯 샅샅이 조사했다.

그리고 마침내 누이가 만났던 사람이 선대수라는 사실을 알아냈을 때, 현무빈은 분노를 누를 수 없었다.

색마 선대수.

힘없고 무고한 여인들을 겁간한 걸로 모자라 살해하는 악행을 저질러서 무림공적이 된 선대수가 누이가 사랑한 사람이었다니.

누이에게 진심으로 실망했다.

그리고 누이에 대한 실망감은 감당하기 힘들 정도의 분노로 바뀌었다.

하지만 그 분노가 가라앉고 나자, 누이에 대한 믿음이 다시 살아났다.

누이는 현명한 여자였다.

그런 누이가 선대수 같은 한심한 악인을 사랑했을 리 없었다.

'내가 알지 못 하는 뭔가가 있는 게 아닐까?'

무림공적!

세상 사람들은 욕했다.

선대수가 세상에 다시없는 악인이라고.

그렇지만 그 말을 순순히 믿어야 할지 의문이 들었다.

생면부지인 다른 사람들이 늘어놓는 이야기나 험담 따위는 중요치 않다는 것을 현무빈은 알기 때문이었다.

직접 만나 봐야겠다.

그래서 내 눈으로 직접 확인해야겠다.

현무빈은 결심을 굳혔다.

그래서 선대수의 행적을 쫓았다.

누이가 죽은 후 선대수는 청해성에 위치한 맹호표국으로 찾아가 정체를 숨긴 채 살고 있다는 것을 확인했다.

'왜 하필 쟁자수지?'

그 이유까지는 알 수 없었다.

그렇지만 무작정 맹호표국으로 찾아갔다.

그래서 팔자에도 없는 쟁자수 일까지 하면서 자신의 눈으로 직접 선대수를 확인하기 시작했다.

"당신은 내 누이의 죽음과 어떤 관련이 있소?"

선대수와 맞닥트릴 때마다 몇 번씩이나 묻고 싶은 것을 꾹 눌러 참았다.

그리고 현무빈이 직접 만나고 곁에서 관찰했던 선대수는 무림공적이 될 정도로 악인이 아니었다.

오히려 좋은 사람에 가까웠다.

선대수가 악인이 아니라 오히려 좋은 사람이라는 확신이

든 순간, 현무빈은 기뻤다.

누이가 틀리지 않았다는 사실로 인해서.

그리고 누이가 사랑했던 사람을 돕고 싶었다.

그게 누이가 원하는 일일 테니까.

'무엇을 하려는 건지 모르나 일단 가시오!'

점점 작아지는 선대수의 등을 바라보며 현무빈이 속으로 부탁했다.

그리고 용봉단의 앞을 가로막으며 현무빈이 소리쳤다.

"난 비킬 수 없소!"

누이를 위해서, 그리고 선대수를 위해서 한 발짝도 물러설 수 없었다.

현무빈이 검을 들어 올린 채 재빨리 계산을 시작했다.

상대는 용봉단에 속한 일류 고수 넷이었다.

'가능할까?'

현무빈이 고개를 흔들었다.

혼자서 네 명을 모두 감당하기에는 분명히 버거웠다.

그렇지만 현무빈은 물러서는 대신, 황룡을 깨우기로 결심했다.

"선 형을 만나고 싶으면 날 넘고 가시오!"

현무빈이 결심을 굳히고 소리치자, 용봉단원들의 눈에 노골적인 살기가 떠올랐다.

선대수를 이대로 놓칠 수 없다는 생각이 마음을 조급하게 만든 것이었다.

"네가 자초한 일이다!"

쐐애액!

홍대용의 검은 날카로웠다.

슈아악!

팽문호의 도는 묵직했다.

퍼엉!

여건욱의 장력은 거칠었다.

샤라락!

모용수린의 검은 눈이 어지러워질 정도로 현란했다.

칠 성에 이른 황룡신공으로도 이들을 모두 제압하기는 힘들었다.

채앵!

팽문호가 휘두른 도에 실린 힘을 감당하지 못 하고 검이 밀린 사이, 홍대용의 검이 기회를 놓치지 않고 파고들었다.

서걱!

재빨리 신법을 펼치며 뒤로 물러났지만, 가슴 부위의 옷자락이 길게 베어지는 것을 피할 수 없었다.

그 상처에서 서서히 번져 나온 피가 장삼을 적셨다.

장삼을 적신 피로 인해 가슴이 뜨거워진 순간, 현무빈이 검을 고쳐 쥐며 멀어져 가는 선대수의 등을 바라보았다.

'최대한 멀리 가시오!'

현무빈이 속으로 소리쳤다.

용봉단원들을 모두 제압할 수는 없었다.

그렇지만 최대한 시간을 벌어 줄 수는 있었다.

지금 선대수가 하려고 하는 일이 무엇인지 정확히는 몰랐다.

그렇지만 어느 정도 짐작하고 있었기에 현무빈이 다시 전의를 불태웠다.

그리고 다시 머리 위로 떨어져 내리는 팽문호의 도를 막기 위해서 검을 위로 들어 올렸을 때였다.

채앵!

육중한 도의 무게로 인해 손아귀가 찢어질 듯한 통증이 찾아올 거라고 단단히 각오하고 있었는데, 검을 든 손에 아무런 느낌도 전해지지 않았다.

현무빈이 의아함을 느끼고 고개를 들었다.

낯선 검신이 팽문호의 도신을 가로막았다.

자신을 대신해서 팽문호의 도를 막은 자를 확인하기 위해 천천히 고개를 돌리자, 남궁도가 보였다.

'이자가 왜?'

자신을 돕기 위해서 나선 남궁도의 모습을 확인한 현무빈의 두 눈에 의아한 감정이 깊어졌다.

비록 같은 맹호표국의 쟁자수였긴 했지만, 남궁도와는

교류가 거의 없었다.

그래서 도움을 줄 거라고는 전혀 기대하지 않았는데.

그 시선에 담긴 감정을 알아챘을까?

남궁도가 고개를 좌우로 꺾으며 입을 뗐다.

"나도 맹호표국의 쟁자수지."

"하지만……."

"명색이 동료인데 구경만 할 순 없지."

동료라…….

그 정도의 유대는 없다고 여겼다.

그런데 남궁도의 생각은 다른 듯했다.

현무빈의 눈에 깃든 의아한 감정을 확인한 남궁도가 씩 웃으며 덧붙였다.

"그리고 좀 치사하잖아."

"……?"

"넷이서 한 명을 몰아세우는 것 말이야."

남궁도의 이야기는 자신에게 던진 것이 아니었다.

자신을 합공하고 있던 용봉단원들에게 던진 말이었다.

정곡을 찌른 남궁도의 이야기를 듣고서 얼굴이 벌겋게 달아오른 팽문호가 변명하듯 소리쳤다.

"이자는 악인이다. 악인을 상대하기 위해서 합공을 한 것뿐이다!"

그 변명을 듣던 남궁도가 코웃음을 쳤다.

"악인이라고?"

"그래."

"확실해?"

"무림공적을 비호하려 드는 자이니 악인이 틀림없지."

"글쎄……. 내가 보기엔 그쪽이 더 나쁜 놈처럼 보이는데."

"뭣이라?"

"개판이군!"

"……?"

"하북 팽가주가 자식 교육을 엉망으로 시켰다는 소문을 익히 들었어. 근데 이건 소문보다 더하잖아?"

남궁도가 비웃음을 머금은 채 던진 말을 들은 팽문호가 노기를 감추지 못 하고 버럭 소리를 질렀다.

"네깟 놈이 감히 하북 팽가를 욕보이다니."

"그럼 잘 좀 하든가."

"……."

"그리고 충고 하나 하지."

"충고?"

"말 가려서 하는 게 좋아. 어린놈의 새끼가 가문만 믿고 함부로 설치다가 뒈지는 꼴을 여러 번 봤거든."

남궁도가 맹렬한 살기를 흘렸다.

그 살기를 접한 팽문호가 움찔하는 것을 확인한 현무빈

이 입을 뗐다.

"그동안 말수가 워낙 없어서 몰랐는데, 보기보다 입심이 좋구려."

"그런 얘기 좀 듣는 편이지."

피식, 웃으며 대답하는 남궁도를 바라보던 현무빈도 참지 못 하고 마주 웃었다.

그리고 든든한 지원군을 얻은 순간, 현무빈이 고개를 돌렸다.

저 멀리, 어느새 까만 점으로 변한 선대수의 뒷모습이 보였다.

3장
그는 무서운 사람이에요

진풍의 예상대로였다.

방천호가 이끄는 맹호표국의 표두와 표사들은 흑의복면인들의 일 초도 감당하지 못 하고 픽픽 쓰러졌다.

흑의복면인들이 휘두른 검에 베여서 맥없이 바닥에 쓰러지고 있는 표사들을 확인한 진풍이 한숨을 내쉬었다.

표사와 쟁자수는 거의 교류가 없는 편이었다.

그래서 말 한 번 섞어 보지 않은 자들이 대부분이었다.

그렇지만 맹호표국에서 한솥밥을 먹는 사이라는 것은 최소한의 유대감을 만들어 주었다.

표사들의 의미 없는 죽음에 가슴이 아팠다.

그래서 진풍이 서둘렀다.

빙글.

진풍이 미련 없이 신형을 돌렸다.

진풍이 선택한 것은 표사들을 구하기 위해서 복면인들과 맞서 싸우는 것이 아니라, 최대한 빨리 여기서 벗어나는 것이었다.

여기서 더 머뭇거려 봐야 좋을 게 없었다.

흑의복면인들이 노리는 것은 표물이었고, 지금 흑의복면인들은 진풍이 표물을 갖고 있다고 믿고 있었다.

괜히 여기서 더 미적거려 봐야 애꿎은 표두와 표사들만 더 죽어 나갈 뿐이라는 것을 알아챈 진풍이 신형을 돌리자마자 냅다 달리기 시작했다.

"멈추어라!"

흑의복면인 가운데 한 명이 소리를 질렀다.

그러나 진풍은 코웃음을 쳤다.

멈추라고 해서 멈추는 바보가 세상 천지에 어디 있단 말인가?

"어디 가냐?"

"보면 몰라요? 살려고 도망치지."

"거기 서지 못 해?"

"멈추면 죽어요."

곡양에게 대답하면서 진풍이 계속 도망쳤다.

그리고 진풍이 도망치는 것을 발견한 흑의복면인들이 더

이상 표사들을 상대하지 않고 뒤쫓기 시작했다.

'움직여라! 얼른 움직여라!'

어느새 거리를 좁힌 흑의복면인들이 자신의 뒤를 바싹 뒤쫓고 있었지만, 진풍의 신경은 온통 곡양에게 쏠려 있었다.

이 장내에서 유일한 변수라 할 수 있는 염마 곡양이 움직여 줘야만 살길이 열리기 때문이었다.

"거기 서라니까?"

"노인장 같으면 죽게 생겼는데 멈추겠어요?"

"지금 그 속도로 도망치겠다고?"

"가만히 서 있다가 죽을 수는 없잖아요."

"한심한 놈!"

'제발, 제발 움직여라!'

진풍이 마음속으로 외쳤다.

그런 진풍의 간절한 바람이 전해지지 않은 것일까?

염마 곡양은 그 자리에 멈춰 선 채 움직이지 않았다.

그사이 진풍과의 거리를 지척까지 좁히며 바싹 따라붙은 흑의복면인들이 내지른 검이 어느새 등 뒤로 날아들었다.

슈악!

슈아악!

파공음을 일으키며 다가오는 검에는 진득한 살기가 담겨 있었다.

출렁!

본능적으로 위기를 직감한 진풍의 두툼한 뱃살이 출렁이며 신형이 흔들렸다.

뒷덜미를 노리고 파고들고 있는 장검을 간발의 차로 피해 내는 데 성공했지만, 아직 끝이 아니었다.

일도양단의 기세로 좌에서 우로 휘둘러진 검이 남아 있었다.

쿠우웅!

급한 대로 진풍이 바닥을 굴렀다.

육중한 진풍의 신형이 바닥에 부딪히자, 둔탁한 소리와 함께 엄청난 양의 먼지가 허공으로 피어올랐다.

자욱하게 피어오른 먼지로 인해 잠시 시야가 가려진 사이, 진풍이 염마 곡양을 찾아 고개를 돌렸다.

마치 절경 감상이라도 하듯이 팔짱을 낀 채로 아까 그 자리에 서 있는 염마 곡양은 전혀 움직일 생각이 없는 것처럼 보였다.

'저 영감이 진짜!'

진풍이 몸을 일으키기 위해 버둥거리며 입술을 깨물었다.

얼마나 버틸 수 있을까?

이대로라면 꼼짝없이 죽게 생긴 마당.

어떻게든 염마 곡양이 움직이도록 만들어야 했다.

'어떻게 하면 움직일 수 있을까?'

진풍이 고민했다.

하지만 오래 고민할 시간도 주어지지 않았다.

슈아악!

복면인의 검이 전신을 난자할 듯한 기세로 다시 파고들었기 때문이었다.

서걱!

진풍이 비틀거리면서 뒤로 물러났지만, 복면인의 검이 만들어 내는 궤적에서 완전히 벗어나지 못했다.

복면인이 휘두른 검에 왼쪽 어깨를 살짝 베인 순간, 진풍이 뒤로 물러나는 대신 앞으로 달려들었다.

복면인이 계산치 못했던 역습.

그리고 예상보다 훨씬 더 빠른 진풍의 움직임에 당황한 복면인의 가슴으로 진풍의 어깨가 틀어박혔다.

쿵!

제대로 힘이 실렸다.

그래서 진풍은 복면인이 입에서 피분수를 뿜어내며 속절없이 날아갈 거라 예상했다.

그렇지만 진풍의 예상은 보기 좋게 빗나갔다.

미리 호신강기를 일으켜서 충격을 최소화한 복면인은 주춤거리며 고작 세 걸음 뒤로 물러난 것이 다였다.

'고수는 확실히 다르네!'

얼굴을 가리고 있는 복면 때문에 사내의 입가에 머물러

있을 비웃음을 보이지 않았다.

하지만 복면 사이로 드러난 두 눈을 통해서 사내가 자신을 비웃고 있음을 깨달을 수 있었다.

"고작 이 정도냐?"

복면인은 드러난 두 눈을 통해서 이렇게 말하고 있었다.

그리고 다시 검을 곧추세우고 달려드는 복면인을 바라보고 있던 진풍이 목청을 돋워 소리쳤다.

"천살귀!"

쩌엉!

진풍이 자신의 머리 한 치 위에서 멈춰 서 있는 복면인의 장검을 바라보았다.

복면인이 마지막 순간에 마음을 바꿔서 검을 멈춘 것이 아니었다.

신법을 펼쳐서 재빨리 곁으로 다가온 염마 곽양이 주름진 손을 내밀어서 장검을 막아 냈기에 도중에 멈춘 것이었다.

'대단하네!'

진풍이 검신을 움켜쥐고 있는 염마의 오른손을 신기하게 바라보았다.

살짝 당기만 해도 베일 정도로 검신은 날카롭게 벼려져 있었다.

그렇지만 염마의 손은 날카로운 검신을 꽉 움켜쥐고 있음에도 불구하고, 단 한 방울의 피도 흘러나오지 않았다.

그뿐만이 아니었다.

살과 뼈로 이루어진 염마의 손과 복면인의 장검이 부딪혔는데, 마치 쇠끼리 부딪히는 소리가 흘러나왔다.

'수강(手剛)!'

조금 더 자세히 살피자 염마의 오른손이 뿌연 강기에 휩싸여 있는 것이 보였다.

쉽게 볼 수 없는 진귀한 장면!

그러나 지금은 감탄이나 하고 있을 때가 아니었다.

복면인의 장검을 움켜쥐고 있는 염마의 손이 언제 방향을 바꿔서 자신을 노리고 날아들지 알 수 없는 상황이었다.

"방금 천살귀라 했느냐?"

"귀는 밝네요."

"천살귀의 죽음에 대해 알고 있는 것이 있느냐?"

속사포처럼 질문을 쏟아 내는 염마를 바라보던 진풍이 희미하게 웃었다.

예상이 들어맞았다.

염마 곡양을 움직일 방법을 고심하던 진풍이 찾아낸 것이 바로 천살귀였다.

마교 청해지단의 멸문과 천살귀의 죽음.

마교의 장로씩이나 되는 염마 곡양이 움직인 이유는 바

로 이것일 터였고, 이 두 가지 사건에 대해서 가장 잘 알고 있는 것은 바로 진풍이었다.

"알죠. 아주 잘 알죠."

"말해 보거라!"

"뭐가 알고 싶은데요?"

"천살귀를 누가 죽였는지, 마교 청해지단을 멸문시킨 것은 누구의 소행인지, 아니, 네가 알고 있는 것을 모조리 털어 놓거라."

"그러고 싶은데…… 그럴 시간이 없네요."

"시간이 없다니?"

"저 복면인들 때문에요."

진풍이 턱짓으로 자신을 향해서 달려들고 있는 흑의복면인들을 가리켰다.

"지금은 노인장하고 살갑게 대화를 나눌 때가 아니라 도망칠 때 같네요."

"뭣이라?"

염마가 잡을 새도 없이 진풍이 다시 냅다 달리기 시작했다.

슬쩍 고개를 돌려서 확인하자 염마 곡양이 갈등하고 있는 모습이 보였다.

그것을 확인한 진풍이 있는 힘껏 달리면서 소리쳤다.

"천살귀를 죽인 게 누군지 알고 싶지 않아요? 그게 누구냐면……."

염마 곡양의 두 눈에서 갈등하던 빛이 사라졌다.

"거기 서지 못 해!"

퍼엉!

염마 곡양이 자신의 곁을 스쳐 지나가는 흑의복면인의 뒷덜미를 잡아채고서 힘껏 일장을 날렸다.

그 모습을 확인한 진풍이 의미심장한 웃음을 지은 채, 뒤로 돌아보지 않고 다시 달리기 시작했다.

선대수가 우거진 수풀 사이로 뛰어들었다.

하아. 하아.

혼란스러운 장내를 빠져나온 후 쉬지 않고 전력으로 신법을 펼친 터라 가쁜 숨을 고르며 선대수가 가부좌를 틀고 앉았다.

이번 표행의 목적지인 자청문까지의 거리는 아직 꽤 남아 있었다.

계속 전력으로 신법을 펼치는 것보다 잠시 운기행공을 하고 나서 다시 달리는 편이 더 빨리 도착할 수 있다는 결론을 내린 것이었다.

문제는 자신의 뒤를 쫓는 추격자들이었다.

'다행히 아직까진 추격자의 기척이 느껴지지 않는군!'

감각을 끌어 올린 채 귀를 기울이던 선대수가 안도의 한숨을 내쉬었다.

그러나 이내 표정이 굳어졌다.

'어찌 됐을까?'

무림맹 휘하 용봉단원들만 자신을 찾아왔다면 크게 문제가 될 것이 없었다.

특별한 쟁자수 동료들인 서진풍과 현무빈, 그리고 남궁도라면 일류고수인 용봉단원들 정도는 감당할 능력이 충분했으니까.

하지만 예기치 못했던 불청객들이 다수 끼어들었다.

마교의 장로이자 현 마교 서열 오 위인 염마 곡양에다가, 정체를 알 수 없는 흑의복면인들까지.

불청객들은 모두 최소한 절정 이상의 고수들이었다.

특별한 쟁자수 동료들이라고 해도 그들을 모두 감당하는 것은 무리라는 것쯤은 단번에 알 수 있었다.

그럼에도 불구하고 선대수는 홀로 빠져나왔다.

그리고 그 이유는 이번 표행의 표물 때문이었다.

잠시 망설이던 선대수가 품속으로 손을 넣었다.

두두둑.

밀봉된 봉투를 꺼낸 선대수가 조심스럽게 뜯어냈다.

그 봉투 속에 들어 있는 것은 한 장의 낡은 양피지였다.

여러 개의 선과 몇 개의 점으로 이루어진 낡은 양피지는 어느 곳의 위치를 알려 주는 지도처럼 보였다.

하지만 이 양피지만으로는 그 위치를 전혀 짐작할 수 없었다.

그리고 그 이유는 이 낡은 양피지 한 장이 다가 아니었기 때문이었다.

“넷이 한데 모여야 완성된 장보도가 된단 말이지.”

낡은 양피지는 거칠게 뜯어낸 자국이 고스란히 남아 있었다.

사 등분.

원래 한 장의 장보도를 네 조각으로 나눈 흔적이었다.

“천비동!”

선대수가 나직한 목소리로 중얼거렸다.

이 낡은 양피지 네 장이 모여 완성된 한 장의 장보도가 알려 주는 곳에 있는 것은 천비동이었다.

머릿속에 복잡한 선과 점들을 각인시킬 각오로 뚫어져라 양피지를 바라보던 선대수의 기억은 마치 당연하다는 듯이 그날로 향해 달려갔다.

“한 잔만 더 따라 줘요.”

현무옥은 한 잔만 마셔도 취할 정도로 술이 약했다.

그런 그녀가 그날은 과음을 했다.

한 잔, 또 한 잔.

무려 세 잔이나 마신 후에도 한 잔 더 따라 달라고 부탁했다.

'말려야 할까?'

잠시 고민했지만, 선대수는 말리지 않기로 했다.

취기 탓일까?

발갛게 얼굴이 달아오른 그녀가 너무 예뻤기 때문이었다.

그리고 술에 취해서 탁자 위에 고개를 파묻고 잠을 청하는 대신, 그녀는 또렷한 목소리로 옛이야기를 꺼냈다.

"내 실수였어요."

"뭐가?"

"그 사람을 사랑했던 것!"

"……."

"내가 사랑해서는 안 되는 사람이었어요."

그녀의 표정이, 그리고 목소리가 평소와는 달랐다.

뭔가 심상치 않은 이야기를 꺼낼 것임을 어느 정도 짐작하고 있었다.

그래서 단단히 마음을 먹고 있던 선대수가 애써 아무렇지 않은 표정을 지은 채 그녀를 마주 바라보았다.

누구나 실수는 하는 법이었다.

그리고 그 실수로 인해서 점철된 아픈 기억 하나쯤을 가지고 있을 그녀의 나이였다.

"잊어버려!"

만약 당시에 그렇게 충고했다면 많은 것이 달라졌을

텐데.

당시의 선대수는 충고 대신 질문을 던졌다.

"당신이 사랑해서는 안 될 사람이 누구였는데?"

"알고 싶어요?"

"그래, 알고 싶어."

만약 그녀가 술에 조금만 덜 취했다면 또 많은 것이 달라졌을 텐데.

술이란 마물이었다.

가슴속에 꽁꽁 숨겨 둔 비밀을 누군가에게 말하고 싶게 만드는 마물.

그녀는 술이란 마물에 취한 후였다.

"백문성!"

"백문성?"

잠시 망설이던 그녀의 입에서 흘러나온 이름이 무척 낯익었다.

그리고 선대수는 얼마 지나지 않아 백문성이라는 이름을 가진 한 사람을 떠올리는데 성공했다.

현 무림맹주 백문성!

'설마……?'

설마 했는데.

놀랍게도 그 백문성이 맞았다.

"내가 멍청했어요."

그녀가 자책하며 꺼낸 말을 듣고서 어떤 위로의 말을 던져야 할지 선대수가 고민하고 있을 때였다.

"그는 정녕 무서운 사람이에요."

선대수가 희미하게 고개를 끄덕여서 그녀의 말에 동의했다.

아무나 높은 자리에 앉을 수 없었다.

독심이 있는 자만이 높은 자리에 오를 수 있는 법이다.

하물며 백문성은 정파 무림의 수장인 무림맹주라는 대단한 직책에 올라 있는 자였다.

그런 그가 얼마나 대단한 독심의 소유자인지, 그리고 얼마나 무서운 사람인지는 굳이 만난 적이 없어도 알 수 있었다.

현재 그가 올라 있는 무림맹주라는 직책만으로도 충분히 설명이 가능했다.

하지만 그녀가 꺼낸 말은 선대수가 짐작했던 것과는 방향이 조금 달랐다.

"그는 강호를 차지하기 위한 무시무시한 계획을 세웠어요."

"말도 안 돼. 백문성은 이미 강호의 절반을 차지한 사람이야. 그런 그가 대체 뭐가 아쉬워서……."

"나머지 반이 남았으니까요."

"……."

"권력은 마물이나 마찬가지예요. 그래서 사람의 눈을 멀게 만들어 만족이라는 것을 모르게 만들죠."

그녀의 말이 옳았다.

술만 마물이 아니었다.

권력도 마물인 것은 마찬가지였다.

더 많은 것을 갖고 싶게 만들고, 더 높은 위치에 오르고 싶게 만드는 권력이란 마물은 만족이란 단어를 잊게 만든다.

선대수는 궁금했다.

절대 알아서는 안 될 엄청난 비밀임을 본능적으로 깨달았지만, 호기심이 멈추지 못 하게 만들었다.

"혹시 백문성이 세운 무서운 계획이 무엇인지 알고 있어?"

"일전에 잔뜩 술에 취한 그가 하는 말을 들은 적이 있어요."

"뭐라고 했어?"

"고수를 만들고 있다고 했어요."

후진 양성.

정파 무림의 미래를 이끌 후진을 양성하는 것은 무림맹주인 백문성이 당연히 해야 할 역할이었다.

그래서 무심코 흘려들었던 선대수가 흠칫했다.

"고수를 키우는 게 아니라 만들고 있다고?"

미묘한 어감의 차이.

고수는 키우는 것과 만드는 것은 분명히 달랐다.

그래서 재차 확인하기 위해 묻자, 그녀가 힘주어 고개를 끄덕였다.

"맞아요."

'대체 무슨 소리야?'

그녀에게서 백문성이 강호를 차지하기 위해 세우고 있는 계획에 대해서 들었지만, 너무 막연했다.

그래서 선대수가 곤혹스러운 표정을 짓고 있을 때, 그녀가 덧붙였다.

"그는 무섭고 치밀한 사람이에요. 무려 십 년이 넘는 시간 동안 이 계획을 준비했다고 했어요."

"그렇게 오랫동안 준비를 했다고?"

"무림맹 영재발굴대회! 그는 그 대회가 이 무시무시한 계획의 출발점이었다고 말했어요."

"무림맹 영재발굴대회?"

선대수가 한참 만에 그 이름을 떠올리는 데 성공했다.

무림맹 영재발굴대회는 현 무림맹주인 백문성이 무림맹주로 취임하면서 야심차게 개최했던 대회였다.

어린 영재들을 일찌감치 발굴해서 정파 무림의 미래를 이끌 고수로 키운다는 취지로 시작된 대회.

그렇지만 훌륭한 취지로 시작한 이 대회는 오래가지 못

했다.

제 일 회 대회를 끝으로 폐지됐다.

그리고 무림맹 영재 발굴 대회가 그렇게 허무하게 폐지된 이유는 어린 영재들의 실종 사건 때문이었다.

치열한 예선을 뚫고서 각 성의 대표로 선발됐던 어린 영재들은 무림맹에서 치러지는 본선에 참가하기 위해 길을 떠났다.

그렇지만 어린 영재들은 본선을 치르지 못 했다.

무림맹으로 향하던 도중에 감쪽같이 사라졌기 때문이었다.

당시 영재들의 실종 사건은 파문을 일으켰다.

예선을 통과한 영재들이 대부분 명문세가의 자제들이었기 때문에 더욱 파문이 컸다.

마교의 소행이라는 소문이 나돌았고, 그로 인해 정마대전이 벌어질 위기가 찾아왔을 정도였다.

그러나 결국 정마대전은 벌어지지 않았다.

마교가 관여했다는 증거가 발견되지 않았기 때문이었다.

그리고 시간은 모든 것은 묻어 버리는 법이었다.

각 성을 대표하는 서른 명이 넘는 영재들의 실종 사건은 유야무야 잊혀져 갔고, 그 후로 무려 십 년이 넘는 시간이 흘렀다.

그래서 선대수도 까맣게 무림맹 영재 발굴 대회에 대해

서 잊고 있었는데.

'설마?'

선대수가 두 눈을 연신 깜박였다.

지금 그녀의 얘기대로라면 마교의 소행이라는 소문이 돌았던 당시 실종 사건에 백문성이 연관되어 있다는 것이 아닌가?

아니, 단순히 연관이 된 것이 아니라 범인일 가능성이 농후했다.

'이 말을 믿어야 할까?'

이건 너무 엄청난 사건이었다.

이미 술에 취해 버린 그녀의 말을 온전히 믿는 것이 과연 옳은 것인지 제대로 가늠이 되지 않았다.

그래서 선대수가 혼란스러워하고 있는 사이에도 그녀의 말은 계속 이어졌다.

"그는 이 무시무시한 계획을 완성시킬 마지막 관문만 남았다고 했어요."

"마지막 관문? 그게 뭔지도 알아?"

"천비동!"

"천비동이라고?"

천비동에 대해서는 선대수도 알고 있었다.

천 가지 비밀이 담긴 동혈.

하지만 천비동은 전설이나 마찬가지였다.

그곳에 엄청난 양의 보물이 담겨 있다는 소문은 들었지만, 그 보물이 무엇인지는 아무도 몰랐다.

아니, 천비동이 과연 실재하는가도 확실치 않았다.

그래서 그저 뜬소문이라고만 여기고 있었는데.

백문성이 천비동을 찾고 있었다.

즉, 천비동은 전설이 아니라 실재한다는 뜻이었다.

"한 잔만 더 줄래요?"

"그만 마셔."

"무서워서 그래요."

그녀의 혀가 어느새 꼬여 있었다.

그래서 선대수는 더 이상 술을 따라 주지 않았다.

그리고 그녀의 말을 순순히 믿지도 않았다.

그러지 말았어야 했는데.

그래서는 안 됐었는데.

후회란 아무리 빨라도 늦은 법이었다.

그녀가 죽었다.

사랑하던 그녀가 괴한들에게 살해당했다.

'왜 함께 있어 주지 못 했을까?'

설령 함께 죽는다고 해도, 그녀의 곁을 지켜 주었어야 했다.

그러나 선대수는 그리하지 못 했다.

그녀가 얼마나 무서웠을지 감히 짐작조차 가지 않았다.

그리고 가장 필요한 순간에 그녀의 곁을 지켜 주지 못 했던 스스로에게 감당하기 힘들 정도로 화가 치밀었다.

그래서 괴로워하던 선대수는 복수를 다짐했다.

'누구의 소행일까?'

복수를 하기 위해서는 복수할 상대의 정체를 알아야 했다.

그녀는 착한 사람이었다.

그런 그녀에게 원한을 품을 만한 사람은 없었다.

이런저런 가능성을 하나씩 배제하다 보니 남는 것은 하나뿐이었다.

취중에 그녀가 했던 말.

"그 말이 사실이었던 거로군!"

비밀은 무섭다.

원하든, 원하지 않았든 누군가가 품고 있는 비밀을 알게 된 순간, 그에 상응하는 대가를 치러야만 하기 때문이다.

그리고 비밀의 무게에 따라서 치러야 하는 대가의 크기는 달라졌다.

그녀는 누군가의 비밀을 알게 된 대가로 살해당했다.

그리고 죽음이라는 대가를 치를 정도로 그녀가 알고 있는 무거운 비밀은…… 아무리 생각해도 단 하나뿐이었다.

"천비동!"

채앵!

현무빈이 검을 쥔 손에 힘을 더하며 팽문호가 휘두른 도를 부딪혔다.

조금 전까지만 해도 팽문호의 도를 막아 내기에 급급했다.

홍대용과 여건욱의 공세가 바로 이어질 것을 알고 있었기에, 수세로 일관할 수밖에 없었다.

그러나 이제는 상황이 달라졌다.

남궁도가 합류했기 때문이었다.

황룡의 힘이 실린 검이 팽문호가 휘두른 도를 거칠게 밀어냈다.

"젠장!"

아까와는 다른 상황에 팽문호의 표정이 굳어진 사이, 현무빈이 기회를 놓치지 않고 공세를 이어 나갔다.

챙. 채앵.

허공에서 검과 도가 잇따라 부딪혔다.

검에 실려 있는 황룡의 기세를 감당치 못하고 팽문호가 뒤로 물러났다.

그리고 팽문호가 연신 뒷걸음질을 치면서 허점을 드러낸 순간, 현무빈의 검이 매섭게 파고들었다.

슈아악!

쐐애액!

황룡의 기세가 실린 현무빈의 검이 팽문호의 텅 빈 가슴을 노리고 파고든 순간, 현무빈의 등 뒤로도 검이 날아들었다.

홍대용이 휘두른 검은 날카로웠고, 현무빈이 갈등에 휩싸였다.

이대로 멈추지 않고 팽문호를 공격한다면 치명상을 입힐 수 있으리라.

그렇지만 그때는 자신도 무사치 못 하리라.

결국 현무빈이 공세를 멈추고 검을 거두어들이려는 찰나, 남궁도가 휘두른 검이 등 뒤로 날아들었다.

채앵!

굳이 눈으로 확인할 필요도 없었다.

남궁도의 검은 현무빈의 등을 노리고 파고들던 홍대용의 검을 가볍게 막아 냈다.

서걱!

그 사실을 깨달은 현무빈이 도중에 멈추지 않고 휘두른 검이 팽문호의 가슴을 베고 지나가는 데 성공했다.

'아쉽군!'

그렇지만 현무빈의 표정은 어두웠다.

등 뒤로 파고들고 있던 홍대용의 검 때문에 잠시 멈칫했던 탓에, 팽문호가 입은 부상은 치명상이 아니었다.

그러나 가벼이 넘길 정도의 부상도 아니었다.

팽문호가 바닥에 주저앉아 지혈을 하는 사이 현무빈이 고개를 돌렸다.

"동료에 대한 믿음이 부족하군!"

남궁도가 던지는 말을 들은 현무빈이 희미한 웃음을 머금었다.

동료!

낯설기 그지없는 이름이었다.

그리고 동료라는 이름이 낯선 것은 남궁도도 마찬가지인 듯 보였다.

멋쩍은 표정을 짓고 있는 것이 그 증거였다.

어쨌든 남궁도라는 동료가 생긴 순간, 더 이상 외롭지 않았다.

자신의 등 뒤를 지켜 주는 누군가가 있다는 것은 현무빈이 짐작했던 것보다 훨씬 더 든든했다.

"집중해. 아직 끝난 게 아니니까."

남궁도를 새삼스런 눈길로 바라보던 현무빈이 고개를 끄덕였다.

팽문호에게 부상을 입혔지만, 아직 끝난 게 아니었다.

홍대용과 여건욱, 그리고 모용수린이 남아 있었다.

쐐애액!

상대를 선택할 시간은 없었다.

팽문호가 부상을 입은 것을 확인한 홍대용이 분노한 표

정으로 검을 휘두르며 다가왔기 때문이었다.

챙! 채앵!

구석구석 요혈을 노리고 파고드는 홍대용의 검은 날카로웠다.

신중하게 검을 막아 내며 상황을 살피던 현무빈의 두 눈이 가늘게 변했다.

용봉단원 가운데 여건욱은 남궁도와 치열한 대결을 펼치고 있었다.

그리고 마지막으로 남은 모용수린이 어느 쪽으로 움직일까에 대해 신경을 곤두세우고 있었는데.

그녀의 선택은 뜻밖이었다.

두 군데로 나뉜 채 치열하게 펼쳐지는 대결에 끼어드는 대신, 전혀 다른 방향으로 움직였다.

모용수린에게 신경을 기울이고 있던 현무빈은 그녀의 의도를 금세 파악했다.

처음부터 모용수린은 이 대결에 끼어들 생각이 없었다.

그녀는 선대수를 쫓기 위해 움직이고 있었다.

'막아야 해!'

모용수린이 장내를 빠져나가는 것을 막기 위해서 움직이려고 했지만, 상황이 여의치 않았다.

홍대용이 그런 자신의 의도를 눈치채고서, 더욱 거세게 공격을 휘몰아쳤기 때문이었다.

현무빈이 수비를 위해 검을 휘두르면서 남궁도와 눈짓을 교환했다.

“그냥 둬!”

“하지만…….”

“선 형도 아주 바보는 아니지!”

‘바보는 아니다?’

남궁도의 말은 틀리지 않았다.

선대수도 절정고수였다.

모용수린 혼자라면 충분히 감당할 수 있으리라.

“선 형이 무척 걱정되는가 본데. 그렇게 선 형이 걱정되면, 쓸데없는 데 신경 쓰지 말고 집중하는 게 좋아.”

남궁도가 덧붙인 충고를 들은 현무빈이 희미하게 고개를 끄덕였다.

지금 남궁도가 던진 말에 담긴 의미는 조금이라도 빨리 홍대용과 여건욱을 쓰러트려야 선대수를 도우러 갈 수 있다는 것이었다.

‘집중해야겠어!’

현무빈이 두 눈을 빛내며 황룡의 기세를 더욱 끌어 올렸다.

4장
그를 믿게

"천비동!"

선대수가 감고 있던 눈을 번쩍 떴다.

조금만 더 운기행공을 하면서 고갈된 내력을 회복하고 싶었지만, 그럴 시간이 주어지지 않았다.

선대수가 끌어 올리고 있던 감각에 추격자의 기척이 느껴졌다.

'어찌할까?'

자신의 뒤를 쫓고 있는 추격자의 정체를 가늠하던 선대수가 우거진 수풀을 헤치고 천천히 걸어 나왔다.

추격자는 한 명뿐이었다.

그 사실을 깨달은 선대수가 고민 끝에 내린 결론은 계속 쫓기는 대신 차라리 죽이자는 것이었다.

잠시 뒤, 독하게 마음을 먹고 추격자를 기다리던 선대수의 앞에 모습을 드러낸 것은 모용수린이었다.

선대수가 섭선을 꺼내다가 흠칫했다.

'하필이면…….'

모용수린이 아름다운 여자라서 주저한 것이 아니었다.

서진풍이 마음에 걸렸기 때문이었다.

"드디어 잡았군!"

모용수린은 가쁜 숨을 고르지도 않고 검부터 들어 올렸다.

그렇지만 선대수는 섭선을 들어 올리지 않고 아래로 늘어트렸다.

그리고 복잡한 눈빛으로 모용수린을 바라보며 입을 뗐다.

"하나만 묻겠네."

"뭐지?"

"저곳의 상황은 어떻게 됐나?"

"지금 그걸 걱정할 때가 아닐 텐데."

"어서 대답해 주게."

"왜 그걸 묻는 거지?"

"그들은…… 내 동료들이니까."

선대수가 솔직히 대답하자, 모용수린의 두 눈에 의외라는 빛이 떠올랐다.

"무림공적인 색마와 어울리지 않는 질문이로군."

"뭐가 어울리지 않는다는 거지?"

"너무…… 다정하잖아."

"동료들의 안위를 모른 척 할 정도로 아주 뼛속까지 나쁜 놈은 아니거든."

선대수가 대수롭지 않게 대꾸하며 모용수린을 살폈다.

걱정이 되는 건 마찬가지일까.

모용수린의 두 눈에도 근심스런 빛이 떠올라 있었다.

그것을 확인한 선대수가 다시 물었다.

"하나만 더 묻겠네."

"또 뭐지?"

"이건 꼭 대답해 줬으면 좋겠군."

"……."

"서 소협과 어떤 사이인가?"

서진풍의 상사병에 대해서 상담을 해 준 적이 있었기에 선대수는 서진풍이 흠모하는 여인이 모용수린이라는 사실을 알고 있었다.

하지만 서진풍이 말한 모용수린이 지금 눈앞에 서 있는 혜화 모용수린인가 여부는 여전히 반신반의하고 있었다.

모용수린은 명문세가인 모용세가의 여식.

서진풍과는 너무 어울리지 않는 상대였기 때문이었다.

"내가 그 질문에 대답해야 하는 이유가 있나?"

"꼭 해야 하네."
"왜지?"
"이 대답 여하에 따라서 자네의 목숨이 달려 있으니까."
선대수가 솔직하게 대답했다.
지금 눈앞에 서 있는 모용수린이 서진풍과 특별한 사이가 아니라면, 선대수는 죽일 마음을 먹고 있었다.
선대수가 대답을 기다리고 있자, 모용수린이 잠시 망설이다가 입을 열었다.
"그는 내 생명의 은인이야."
"그게 다인가?"
"그건……."
모용수린이 다시 한 번 대답을 망설였다.
하지만 굳이 대답을 들을 필요가 없었다.
이걸로 충분했다.
서진풍에 대해서 떠올리는 모용수린의 두 눈에 깃든 애증의 감정이 두 사람이 특별한 사이임을 알려 주고도 남았다.
"그게 중요해?"
"중요하지. 아까도 얘기했다시피 자네가 진풍 아우와 특별한 사이인 덕분에 살아남을 수 있게 됐으니까."
"날 무시하지 마. 이래 봬도 나는 용봉단에 속한……."
"자넬 무시하는 게 아닐세."

“……”

“다만 객관적으로 비교해 보면 내 무공이 나은 편이지. 명성만 봐도 알 수 있지 않나? 비록 악명이긴 하나, 색마라는 내 별호가 혜화라는 자네의 별호보다는 훨씬 더 널리 알려져 있지 않은가?”

선대수가 농담을 건넸지만, 아쉽게도 모용수린은 웃지 않았다.

그리고 더 이상 대화를 나누고 싶지 않다는 듯 검을 들어 올렸다.

‘어쩔 수 없군!’

모용수린이 가진 신념은 확고했다.

그리고 그 신념을 쉽게 흔들기 힘드리라.

고작 몇 마디 말로는 모용수린의 신념을 꺾을 수 없다는 사실을 깨달은 선대수가 아래로 늘어트리고 있던 섭선을 들어 올렸다.

용봉단에 속한 모용수린의 무공 수위는 일류였다.

결코 가벼이 볼 수 없는 고수였지만, 선대수는 절정에 이른 고수인 만큼 그녀를 꺾을 자신이 있었다.

그러나 문제가 있었다.

이번 대결에서는 모용수린을 죽이거나 다치게 만들어서는 안 된다는 점이었다.

원래 대결 상대를 죽이는 것보다 죽이지 않고 상처 없이 제압하는 것이 훨씬 어려운 일이었다.

분명히 큰 위험이 따르는 일!

그렇지만 선대수는 그 위험을 기꺼이 감수하기로 했다.

그것이 자신을 믿어 주었던 서진풍에 대한 최소한의 보답이었으니까.

"자, 어서 시작하세. 그 전에 단단히 각오해야 할 거야. 무림공적인 색마의 무서움을 보여 줄 테니까."

숨이 가빠 왔다.

그렇지만 진풍은 달리는 것을 멈추지 않았다.

"어서 표물을 내놓아라!"

"거기 서!"

"당장 멈추지 못 할까?"

복면인들이 서슬 퍼런 목소리로 소리를 질렀지만, 일방적으로 무시하고 달리던 진풍이 한참만에야 멈춰 섰다.

'이 정도면 충분하겠지!'

지금까지 달린 거리를 가늠하던 진풍이 빙글 신형을 돌렸다.

그동안 열심히 달린 덕분에 방천호의 얼굴이 제대로 보이지 않을 정도로 표행과는 거리가 벌어져 있었다.

이 정도라면 표두와 표사들이 더 이상 위험하지 않을 거라는 생각이 들었다.

"자, 그럼 이제 어떤 놈들인지 알아볼까?"

진풍이 염마 곡양을 찾았다.

흑의복면인들은 대단한 고수였고, 마교의 장로이자 초절정 고수로 알려진 곡양도 고전을 면치 못 하고 있었다.

힘에 부치는 듯 시뻘겋게 달아오른 얼굴과 찢어진 옷자락 사이로 언뜻언뜻 비치는 혈흔이 곡양이 무척 고전하고 있다는 증거였다.

물론 흑의복면인들도 무사하지는 못 했다.

곡양의 손에 한 명은 쓰러졌고, 나머지 네 명의 흑의복면인들 역시 합공을 펼치면서도 우세를 점하지 못 했다.

"좀 도와줄까요?"

진풍이 넌지시 묻자, 장력을 날리던 곡양이 코웃음을 쳤다.

"기가 차는군!"

"왜요?"

"네깟 놈이 무슨 도움이 된단 말이냐? 그리고 설령 네놈이 한 수를 감추고 있다고 해도 네놈의 도움까지 받을 정도로 한심하지는 않다!"

"많이 힘들어 보이는데."

"흥, 이깟 놈들을 상대하는 것쯤이야 나 혼자서도 충분하다."

"그럼 그러시든가요."

진풍이 바라던 바였다.

그래서 씩 웃으며 말하자, 곡양이 다시 복면인에게 장력을 날린 후 억울한 표정으로 소리쳤다.

"야, 이 새끼야!"

"도움은 필요 없다면서요."

"누가 도와달라고 그랬어?"

"그럼 왜요?"

"가만히 생각해 보니까 너무 억울하잖아! 대체 내가 왜 이 새끼들이랑 죽자 살자 싸워야 해?!"

"천살귀를 누가 죽였는지 알고 싶다면서요."

"그건 그렇지만…… 그래도 억울하잖아!"

"그럼 이렇게 해요."

"어떻게?"

"내가 좀 도와줄게요. 그래서 일단 이놈들부터 다 때려눕혀 놓고 나서 그 일에 대해서 얘기해 보죠."

진풍이 다시 제안을 꺼냈다.

그렇지만 곡양은 이번에도 코웃음을 쳤다.

"이 새끼들 보통 놈들이 아냐. 그런데 네깟 놈이 대체 무슨 도움이 된다고?"

"그야 두고 보면 알죠. 어때요? 할 거예요? 말 거예요?"

"뭐, 없는 셈 치마."

“그럼 제안을 받아들인 겁니다.”

곡양은 반신반의하는 표정을 짓고 있었다.

그리고 흑의복면인들도 복면에 가려서 표정이 보이지는 않았지만, 전혀 긴장하는 기색이 아니었다.

그 반응을 확인한 진풍이 씨익 웃었다.

흑의복면인들은 방심하고 있었다.

그편이 자신에 대해 주의하면서 경계하는 편보다 훨씬 나았다.

‘자, 시작해 볼까!’

진풍이 두 눈을 가늘게 떴다.

이제부터 그 방심의 대가를 치르게 만들어 줄 터였다.

퍼엉!

곡양이 날린 장력이 흑의복면인에게 향했다.

빠르게 접근하는 장력을 피하기 위해서 흑의복면인이 허공으로 신형을 띄우는 것을 본 진풍의 입가에 떠오른 미소가 짙어졌다.

상대의 공격을 피하기 위해서 허공으로 몸을 띄우는 것은 위험하기 짝이 없는 방법이었다.

허공에서는 운신이 불가능한 만큼, 연환 공격이 들어올 경우 피할 방법이 없어지기 때문이었다.

흑의복면인이라고 해서 그걸 모를 리 없을 터.

그럼에도 흑의복면인이 허공에 신형을 띄우며 장력을 피

한 것은 다른 동료들을 믿기 때문이었다.

실제로 다른 흑의복면인들이 시기적절하게 검을 휘둘러 곡양이 재차 공격하려는 것을 막았다.

"빌어먹을!"

출렁.

곡양이 분통을 터트리는 사이, 진풍의 두툼한 뱃살이 출렁였다.

지금까지는 이런 방식이 충분히 먹혔다.

그렇지만 이젠 상황이 달라졌다.

진풍이 도망치는 대신, 이번 대결에 끼어들었기 때문이었다.

슈아악!

예상을 훌쩍 뛰어넘는 진풍의 빠른 움직임에 당황한 흑의복면인이 허공에서 다급하게 검을 내질렀다.

그러나 진풍은 가볍게 피해 내며 어깨로 흑의복면인의 가슴을 들이받았다.

쿠웅!

흑의복면인이 마지막 순간에 호신강기를 끌어 올렸지만, 진풍 역시 작심하고 내력을 끌어 올렸다.

게다가 허공에 몸을 띄운 상태라, 흑의복면인이 끌어 올린 호신강기는 완전치 못했다.

"크헉!"

진풍의 어깨에 가슴을 들이받힌 흑의복면인이 신음성을 터트리며 끈 떨어진 연처럼 날아갔다.

쿵.

삼장이 넘게 날아간 후에야 바닥에 쓰러진 흑의복면인은 마치 죽은 사람처럼 미동도 하지 않았다.

전혀 예기치 못 했던 상황에 당황한 곡양과 남은 흑의복면인들의 두 눈에 경악의 빛이 떠올랐다.

그러나 진풍은 그 반응에 신경 쓰지 않고 바닥에 쓰러져 있는 흑의복면인의 앞으로 걸어갔다.

"보자…… 누굴까?"

진풍이 흑의복면인의 얼굴을 가리고 있는 복면을 벗겨 냈다.

마흔 중반 가량 되었을까?

청수한 인상의 학자풍인 복면인의 얼굴이 드러났다.

처음 보는 낯선 얼굴.

이래서야 힘들게 복면을 벗긴 의미가 없었다.

그래서 진풍이 곤혹스런 표정을 짓고 있을 때, 곡양이 다가왔다.

"너…… 무공을 숨기고 있었냐?"

"무공 숨긴 적 없어요."

"그런데 방금은……."

"무공을 익히지 않았다고 말한 기억이 없는데요?"

"그건…… 그렇지."

"내가 무공은 익히지 않았을 거라고 지레짐작했던 거죠. 그리고 지금은 그제 중요한 게 아니에요."

미심쩍은 시선을 던지고 있는 곡양에게 진풍이 물었다.

"혹시 누군지 알아보겠어요?"

"아니, 저놈은……."

"역시 알고 있나 보네요."

"그래."

"누군데요?"

"능화 곽운이로군!"

"능화 곽운?"

"시, 화, 음, 서, 부. 다섯 가지 기예 중에 각자 한 가지씩 빼어난 실력을 갖춘 놈들이라 오절서생이라고 불리는 놈들 가운데 한 놈이지. 곽운은 그 다섯 가지 기예 중 화에 능통했다고 알려졌지. 뭐, 쉽게 말해서 겉멋만 든 놈들이지."

곡양의 설명을 들은 진풍이 고개를 끄덕였다.

오절서생!

능화 곽운의 얼굴을 본 덕분에 복면을 쓰고 나타난 다섯 명의 절정 무인들의 정체를 짐작할 수 있었다.

"오절서생에 대해 더 자세히 말씀해 주세요."

"더? 또 뭐가 더 궁금하냐?"

"어디에 속해 있는데요?"

"무림맹에 속해 있는 놈들이지."

진풍이 두 눈을 빛냈다.

오절서생이 어떤 삶은 살아왔고, 얼마나 대단한 무공을 갖추고 있는가는 중요치 않았다.

가장 중요한 것은 지금 바닥에 쓰러져 있는 곽운이 바로 무림맹 소속이라는 점이었다.

"이 새끼들, 무림맹주가 보낸 놈들이로구나."

곡양이 스산한 눈빛을 쏘아 내며 남아 있는 세 명의 흑의복면인들을 노려보았다.

끝까지 감추고 싶었던 정체가 드러나서일까?

남아 있는 흑의복면인들의 두 눈에 낭패한 기색이 드러났다.

'왜지?'

그 반응을 살피던 진풍이 의아한 시선을 던졌다.

무림맹주는 왜 오절서생을 보내서 표물을 노린 걸까?

곡양 역시 진풍과 같은 궁금증을 품은 듯 복면인들에게 질문을 던졌다.

"무림맹주가 대체 왜 네놈들을 보낸 거지?"

사사사삭!

모용수린의 검은 선대수의 눈을 어지럽힐 정도로 현란했다.

쾌보다는 변에 중점을 두고 있는 검공!

전신 요혈 구석구석을 노리고 파고들고 있는 변화무쌍한 모용수린의 검을 선대수도 가벼이 여기지 못했다.

챙. 채앵.

신중한 눈길로 검이 만들어 내고 있는 변화를 놓치지 않기 위해 애쓰면서 선대수는 섭선을 들어서 연신 공격을 막아 냈다.

마치 철천지원수를 상대하듯 이를 악물고 공세를 이어 나가고 있는 모용수린을 상대하던 선대수의 두 눈에 갈등이 일었다.

선대수의 독문병기인 섭선에는 한 가지 비밀이 숨어 있었다.

내력을 주입하면 섭선의 살이 빠져나와 암기처럼 사용할 수 있는 것이었다.

'아쉽군!'

섭선에 숨어 있는 비밀에 대해서 알고 있는 이는 드물었다.

그런 만큼 섭선의 살을 암기처럼 사용한다면 일방적인 수세에 몰려 있는 상황을 단번에 뒤집을 수 있다는 확신이 있었다.

그렇지만 선대수는 섭선에 내력을 선뜻 주입하지 못 했다.

만약 섭선의 살을 암기처럼 사용한다면 모용수린이 죽거나 크게 다칠 것임을 알고 있기 때문이었다.

'상황이 안 좋군!'

선대수가 눈살을 찌푸렸다.

섭선에 내력을 주입해서 암기처럼 사용하지 못 하는 상황인 만큼, 선대수에게 필요한 것은 시간이었다.

천천히 시간을 가지고 모용수린의 검이 만들어 내는 변화를 완벽히 파악한다면, 그녀를 충분히 제압할 자신이 있었다.

그렇지만 선대수에게는 시간이 넉넉치 않았다.

언제 또 다른 추격자가 나타날지 몰랐다.

그리고 그때는 지금보다 훨씬 낭패한 상황에 처하게 되리라.

'어쩔 수 없군!'

선대수가 서둘러 이 대결을 끝내기로 결심을 굳히며 힘껏 섭선을 휘둘렀다.

채앵!

모용수린의 검과 섭선이 허공에서 부딪힌 순간, 선대수의 신형이 크게 휘청였다.

검에 실린 기세를 감당하지 못 하고 휘청이며 뒤로 물러나는 선대수가 허점을 드러낸 순간, 모용수린의 두 눈이 빛났다.

그리고 기회를 놓치지 않기 위해서 파고들며 다시 검을 들어 올렸다.

그 순간, 선대수도 두 눈을 빛냈다.

얼핏 살피기에는 검에 실린 내력을 감당하지 못 해서 허점을 드러낸 것처럼 보였지만, 실상은 그게 아니었다.

선대수는 의도적으로 허점을 드러낸 것이었다.

예상대로 모용수린이 회심의 공격을 가하려는 순간, 선대수가 내력을 끌어 올렸다.

기이잉!

내력이 주입된 섭선이 미미하게 진동했다.

슈아악!

암기처럼 은밀하게 빠져나온 섭선의 살이 빠져나와 머리 위로 떨어지고 있던 모용수린의 검신에 부딪혔다.

챙!

섭선의 살과 검이 부딪힌 순간, 모용수린이 흠칫했다.

그리고 그 찰나의 빈틈을 선대수는 놓치지 않았다.

퍼억!

선대수가 앞으로 달려들며 섭선을 휘둘렀다.

섭선에 복부를 얻어맞은 모용수린이 바닥을 뒹굴었다.

선대수가 재빨리 따라붙으며 섭선을 모용수린에게 겨누

었다.

섭선에 숨겨져 있는 비밀을 알아챈 모용수린이 함부로 움직이지 못 하고 지그시 입술을 깨물었다.

그리고 분한 기색을 감추지 못한 채 소리쳤다.

"죽여라!"

"죽일 생각이었으면 진즉에 죽였어!"

"……?"

"안 죽일 테니 걱정 마."

"……왜지?"

"널 죽였다가는 진짜 무서운 적을 만들 것 같거든."

서진풍을 떠올리며 희미하게 웃던 선대수가 덧붙였다.

"그리고 무림공적이라고 해서 사람들을 막 죽이지는 않아!"

선대수가 섭선을 거두어들였다.

그리고 의외라는 표정을 짓고 있는 모용수린의 마혈을 점했다.

"정말…… 안 죽이는 건가?"

"이 아가씨가 그동안 속고만 살았나? 죽이려는 놈이 마혈은 왜 점하겠어?"

"……."

"마혈은 한 시진 후에 풀릴 거야."

모용수린의 두 눈에 더욱 혼란스러운 감정이 떠오르는

것이 보였다.

그러나 더 신경 쓰지 않고 돌아섰던 선대수가 도중에 멈춰 섰다.

"마지막으로 충고 하나 할까?"

"무슨 충고지?"

"그를 믿게."

"……?"

"그리고 자네가 사랑하는 사람의 이야기에 귀를 기울이게."

선대수가 진심을 담은 충고를 건넸다.

그리고 그 진심이 전해졌을까?

모용수린의 두 눈에 갈등하는 기색이 떠오르는 것이 보였다.

"왜 그런 충고를 하는 거지?"

"난 믿지 않았거든."

"……."

"그녀를 믿었어야 했는데, 그녀의 말에 좀 더 귀를 기울였어야 했는데, 그렇게 하지 못 했지. 그래서 지금까지 후회하고 있어."

후우.

선대수의 입술을 비집고 한숨이 새어 나왔다.

만약 그때 그녀의 말을 믿어 주었다면.

그랬다면 많은 것이 달라졌을 텐데.

적어도 마지막 순간에 그녀의 곁을 지킬 수는 있었을 텐데.

후회가 남는 것은 어쩔 수 없었다.

하지만 언제까지 그 후회 속에 파묻혀서 괴로워만 하고 있을 수는 없었다.

이제부터 선대수가 할 일은 하나였다.

후회를 조금이라도 줄이는 것!

그것을 위해서 선대수가 다시 신법을 펼치기 시작했다.

곡양이 복면인들을 노려보았다.

당장이라도 불이 뿜어져 나올 것처럼 강렬한 시선을 복면인들에게 던지던 곡양이 다시 소리를 질렀다.

"무림맹주가 대체 왜 네놈들을 보낸 거냐니까?"

곡양에게서 뿜어져 나온 마기가 복면인들을 거칠게 휘감았다.

그러나 복면인들에게서는 어떤 대답도 돌아오지 않았다.

"그렇게 소리친다고 해서 저들이 대답할 것 같아요? 복면까지 쓰고 나타난 놈들이 순순히 대답할 리가 없죠."

진풍이 그런 곡양에게 충고했다.

그 충고가 일리가 있다고 판단한 걸까.

미미하게 고개를 끄덕인 곡양이 질문을 던지는 대상을 바꾸었다.

"혹시 네놈은 알고 있냐?"

"대충 짐작은 하고 있죠."

"짐작? 뭐냐?"

"표물 때문이죠."

"표물 때문이라고?"

"그럼 표행을 습격한 이유가 대체 뭐겠어요?"

곡양에게 대답하며 진풍이 복면인들의 반응을 슬쩍 살폈다.

정곡을 찔려서일까?

복면 사이로 드러난 눈동자들이 쉬지 않고 흔들리는 것이 보였다.

"표물이 대체 무엇이기에 무림맹주가 직접 나선단 말이냐?"

"그건 나도 모르죠."

"몰라?"

"나 표사 아니거든요."

"응? 표사가 아냐?"

"난 쟁자수예요."

물론 진풍은 그냥 쟁자수가 아니었다.

맹호표국의 국주인 방천호가 비밀병기로 아끼고 있는 특

별한 쟁자수였다.

그렇지만 굳이 거기까지 알려 줄 필요가 없다고 판단한 진풍이 그 부분은 속 빼고 직책만 알려 주자, 곡양의 두 눈에 실망한 기색이 드러났다.

"진짜 몰라?"

"확인해 보지 않았거든요."

"아무래도 평범한 표물은 아니겠지?"

"그렇겠죠."

잠시 계산을 마친 곡양이 두 눈을 빛냈다.

무림맹주가 직접 수하들을 보내서 빼앗으려 했을 정도이니, 무척 중요한 표물이라고 판단한 듯 보였다.

"이거 재밌게 돌아가는군!"

아직 남은 복면인들을 노려보던 곡양이 입맛을 다셨다.

그런 곡양의 머릿속에 이미 천살귀나 척운경의 죽음에 대한 진실을 알아내야 한다는 임무 따위는 사라진 지 오래였다.

"표물이 대체 무엇인지 내 눈으로 직접 확인해야겠다."

곡양이 어서 내놓으라는 듯 앞으로 손을 내밀었다.

그 모습을 확인한 복면인들이 긴장하며 금방이라도 출수할 듯한 기세를 뿜어냈다.

하지만 정작 당사자인 진풍은 아무것도 내놓을 게 없

었다.

"아까 내가 한 말 못 들었어요? 난 쟁자수라니까요."

"날 너무 띄엄띄엄 보는구나."

"……?"

"일개 쟁자수가 오절서생 중 일인인 곽운을 쓰러트렸다? 개가 웃을 일이지."

"그건 그자가 방심해서……."

"아무리 방심했다고 해서 평범한 쟁자수에게 당하진 않지."

역시 곡양은 마교의 장로답게 만만한 자가 아니었다.

더 속이고 감추려 해도 통할 리가 없다고 판단한 진풍이 솔직히 털어놓았다.

"뭔가 크게 오해하고 있네요."

"오해…… 라니?"

"표물은 나한테 없는데요."

"그게 무슨 소리냐?"

"말 그대로인데요?"

곡양이 당황한 표정을 지었다.

그리고 당황한 것은 복면인들도 마찬가지였다.

"시치미 떼지 마라. 네가 표물을 가지고 있다는 사실을 이미 알고 있다."

"나한테 있다고 누가 그래요?"

"아까 방 국주와 얘기하는 걸 모두 들었다."

"귀는 더럽게 밝네."

사실 못 들은 게 이상한 것이었다.

저들이 들으라고 일부러 큰 목소리로 대화를 나누었던 것이었으니까.

"나한테 진짜 없는데."

"우리가 그런 거짓말에 넘어갈 것 같으냐?"

"진짜 거짓말이 아닌데."

진풍이 난감한 표정을 짓고 있을 때, 곡양이 슬며시 다가와 작은 목소리로 물었다.

"정말 네놈이 가지고 있지 않느냐?"

"그렇다니까요."

"내게는 거짓말 할 필요 없다. 우리 사이가 어디 보통……."

"우리가 어떤 사이인데요?"

"응? 그야……."

"일면식도 없었던 사이죠."

"……."

멋쩍은 표정을 짓고 있는 곡양에게 진풍이 한마디를 덧붙였다.

"표물이 무엇인지 확인하고 싶어요?"

"역시 네놈이 갖고 있구나."

"그건 아니지만……."

"그럼 뭐냐?"

"지금 표물이 어디에 있는지는 알죠."

"어디 있느냐?"

"표물을 찾고 싶으면 날 따라와요."

호기심이 동한 곡양에게 진풍이 씨익 웃으며 대답했다.

5장
자청문

자청문!

멀찍이 떨어진 곳에서도 용사비등의 필체로 적혀 있는 자청문의 커다란 현판은 한눈에 들어왔다.

잠시 망설이던 선대수가 추격하는 자들이 없다는 것을 마지막으로 확인한 후, 자청문을 향해서 천천히 걸음을 옮겼다.

'드디어 왔군!'

선대수가 혀를 내밀어 바싹 마른 입술을 적셨다.

억울한 누명을 쓴 탓에 무림공적이 되었다.

그렇지만 선대수는 그동안 어느 누구에게도 자신의 억울함을 토로하지 않았다.

그래 봐야 아무 소용도 없다는 사실을 이미 알고 있었기 때문이었다.

억울한 시간들.

길고 길었던 시간들의 종착역에 마침내 가까워졌다는 것을 직감한 선대수가 크게 숨을 내쉬고 자청문의 대문을 힘주어 밀었다.

끼이익!

마치 자신이 찾아오길 기다리고 있었던 것처럼, 대문은 잠겨 있지 않았다.

대문을 열고 안으로 들어선 선대수가 주변을 살폈다.

자청문 내부는 무척 넓은 편이었다.

수십 명의 무인들이 한꺼번에 수련할 수 있을 정도로 넓은 연무장을 갖추고 있었고, 여러 채의 커다란 전각들과 드넓은 마당도 존재했다.

선대수가 신경을 곤두세운 채 자청문 내부를 조심스럽게 살피기 시작했다.

그렇지만 신기하게도 인기척이 없었다.

자청문 내부는 마치 흉가처럼 적막한 기운만 흘렀다.

'수련하는 무인들이 아무도 없다?'

선대수가 의아함을 품은 채로 자청문 내부의 좀 더 깊숙한 곳으로 발걸음을 옮겼다.

그렇게 반 각쯤 흘렀을까?

마침내 인기척을 발견했다.

인기척이 느껴지는 곳을 향해서 발소리를 죽인 채 다가간 선대수의 귀에 사람들의 대화 소리가 들려왔다.

"어쩌면 두 번 다시는 만나지 못 할지도 모르겠다고 생각했었는데. 이렇게 다시 만나게 되니 무척 반갑구만."

"정말 반가운 것이 맞나?"

"방금 한 말을 들어 보니 마치 우리가 죽길 바랐던 것 같구만."

"허허, 그럴 리가 있겠나?"

"거, 반응이 너무 지나치잖은가? 농담이라도 한 번 건넸다가는 칼부림이 일어날 정도로 살벌하구만."

"흥! 지금이 농담이나 따 먹을 상황인가?"

"어허, 마음을 좀 가라앉히라니까. 그러지 말고 차나 들도록 하게. 자네들을 다시 만나는 오늘을 위해서 내가 특별히 가져온 아주 귀한 차라네. 마음을 가라앉혀 주고 긴장을 이완시켜 주는 데 큰 도움이 될 것일세."

"오늘 같이 좋은 날에 고작 차로 되겠는가? 내가 아주 귀한 술을 가지고 왔으니 한잔들 하자고."

얼핏 듣기에는 특별할 것 없는 인사말들이 오가는 대화처럼 들렸다.

그러나 선대수는 느낄 수 있었다.

저 대화 속에 날카로운 가시가 박혀 있다는 것을.

선대수가 다시 움직이기 시작했다.

그리고 마침내 자청문주의 집무실에 놓인 커다란 다탁에 앉아서 대화를 나누고 있는 네 노인을 발견할 수 있었다.

모락모락!

선대수가 아직 식지 않은 찻잔에서 올라오고 있는 뜨거운 김에 시선을 빼앗긴 사이, 네 노인들 가운데 상석에 앉아 있던 노인이 물었다.

"자네는 누군가?"

선대수가 질문을 던진 노인을 향해 시선을 던졌다.

하얗게 센 수염을 가슴까지 기른 노인의 목소리는 차분했다.

그렇지만 선대수는 노인의 목소리가 가늘게 떨리고 있다는 것을 놓치지 않았다.

"그쪽은 누구십니까?"

"난 이 집의 주인이라네."

"주인이라면……."

"노부는 자청문의 문주 이규성이라네."

"그럼 제대로 찾아왔군요."

"무슨 뜻인가?"

"난 맹호표국의 쟁자수입니다."

"방금 맹호…… 표국이라고 했나?"

"그렇습니다."

선대수가 솔직히 대답하자, 자청문주 이규성의 얼굴이 격동으로 인해 붉게 물드는 것이 보였다.

그리고 이규성만이 아니었다.

백발이 희끗한 나머지 세 명의 노인들도 흥분하기는 마찬가지였다.

하지만 그도 잠시, 빠르게 냉정을 되찾은 이규성이 질문했다.

"그런데 왜 자네 혼자인가? 게다가 방금 자네는 맹호표국의 표두가 아니라 쟁자수라고 하지 않았었나?"

"맞습니다."

"표두가 아니라 쟁자수가 이곳에 나타났다? 왜인가?"

"상황이 그렇게 됐습니다."

"그렇게 됐다니?"

"피치 못할 사정이 생겼습니다."

"피치 못할 사정?"

"표행 도중에 습격을 받았거든요."

"누가 표행을 습격했나?"

"거기까지는 저도 잘 모르겠습니다. 맹호표국의 표행을 습격한 자들이 복면을 쓰고 있었으니까요."

상황이 심상치 않음을 직감해서일까?

노인들의 표정이 일제히 굳어졌다.

"이거 서둘러야겠군. 어서 표물을 가지고 오게."

이규성이 허연 수염을 손으로 쓰다듬으며 재촉했지만, 선대수는 시키는 대로 표물을 내놓지 않았다.

여전히 그 자리에 멈춰선 채 오히려 질문을 던졌다.

"그전에 하나만 물읍시다."

"내게 묻고 싶은 게 뭔가?"

"이 표물이 대체 뭡니까?"

"그건 자네가 알 필요가 없네."

"아니, 알아야겠습니다. 이 표물 때문에 표행이 습격을 당했고, 수많은 사람들이 죽거나 다쳤으니까요."

이규성의 두 눈에서 순간 노기가 일렁였지만, 선대수는 물러나지 않았다.

지금 자신의 품속에 들어 있는 표물 때문에 수많은 사람들이 죽었다.

그리고 죽은 이들 가운데, 선대수가 진심으로 사랑했던 한 여인도 속해 있었다.

그런데 어찌 그냥 넘어갈 수 있을까?

"일개 쟁자수 따위가 그걸 알아서 뭐에 쓸까? 괜한 호기심으로 인해 다치지 말고 어서 표물을 내놓기나 하게."

"일개 쟁자수가 아닙니다."

"……?"

"조금 특별한 쟁자수죠."

"어허!"

이규성이 더 참지 못 하고 노기를 드러냈다.

그리고 그 순간이었다.

슥. 스슥!

자청문의 높은 담벼락 위로 희미한 기척과 함께 순식간에 열 명이 넘는 괴한들이 모습을 드러냈다.

마치 포위하듯 자청문을 둘러싸고 있는 괴한들을 확인하고서, 노인들의 표정이 재차 굳어졌다.

"누구냐?"

이규성이 당혹스런 표정을 감추지 못한 채 질문을 던졌지만, 흑의를 입은 자들은 대답하지 않았다.

그리고 대답은 다른 곳에서 흘러나왔다.

"내가 데리고 온 자들이네."

꿀꺽.

자청문주의 집무실 앞으로 천천히 걸어 들어오는 중년의 사내를 바라보던 선대수가 마른침을 삼켰다.

'저자는…….'

설마 했는데…….

무림맹주 백문성이 자청문에 직접 모습을 드러냈다.

"이런 빌어먹을 놈들이!"

염마 곡양이 참지 못 하고 버럭 소리를 질렀다.

복면인들은 무척 끈질겼다.

원래 다섯에서 셋으로 줄었지만, 복면인들은 포기하지 않았다.

지겨울 정도로 끈질기게 따라붙는 복면인들을 상대하던 곡양이 더 참지 못 하고 언성을 높였다.

"어이, 뚱뚱한 놈!"

"왜요?"

"나랑 얘기 좀 해!"

"나 바쁜 것 안 보여요?"

"바빠도 들어!"

곡양의 노기 섞인 음성을 듣고서, 진풍이 마지못해 걸음을 멈추었다.

"무슨 얘기요?"

"계속 이 빌어먹을 놈들을 달고 갈 거야?"

"나도 그러고 싶지 않죠."

"그렇지?"

"그러니까 노인장이 처리하면 되잖아요."

"물론 그러면 되지. 그래, 그렇게 하면 되는데, 시간도 걸리고, 좀 더 좋은 방법도 있을 것 같아서 말이지."

"어떤 좋은 방법요?"

"아까 하던 대로 하자."

"……?"

"보아하니 무공을 감추고 있는 것 같던데. 아까처럼 우리가 힘을 합쳐서 이 빌어먹을 놈들을 먼저 처리하자고."

곡양이 자존심까지 접은 채 제안했지만, 진풍은 고개를 흔들며 거절했다.

"싫은데요."

"싫어? 왜 싫어?"

"노인장이 마교의 장로라면서요."

"그런데 그게 왜?"

"그래서 싫어요."

"무슨 소리냐?"

"괜히 오해받기 싫거든요."

"오해라니?"

"내가 노인장과 힘을 합쳐서 싸우면 사람들이 내가 마교와 연관이 있는 줄 알 거 아니에요? 난 무림공적 되고 싶지 않아요."

"아니, 그게 무슨 말도 안 되는……."

"그리고 아까와는 상황이 달라요."

"아까와 상황이 다르다니?"

"아까는 복면인이 방심한 덕분에 운 좋게 공격이 한 번 먹혔지만, 이제는 방심하지 않을 거거든요."

이건 사실이었다.

복면인들은 하나같이 고수였다.

그럼에도 진풍이 한 명의 복면인을 쓰러트릴 수 있었던

것은 자신의 뚱뚱한 외양을 보고 상대가 방심한 덕분이었다.

진풍의 말이 일리가 있다고 판단했을까.

입맛을 쩝 다시고 있는 곡양을 향해 진풍이 근심스런 표정을 지은 채 말했다.

"이러다가 늦겠어요."

"늦다니?"

"표물을 원래 주인에게 넘기고 나면 그때는 표물 구경조차 못 하게 될 걸요. 얼른 저 복면인들을 처리할 다른 방법을 찾아야 할 텐데……."

"다른 방법?"

"그래요. 하나만 물어도 돼요?"

"뭐가 알고 싶은데?"

"솔직하게 대답해 줘야 해요."

"뭐냐니까?"

"아까 마교의 장로라고 그랬잖아요."

"그렇다니까."

"진짜예요?"

"대체 왜 그런 의심을 품느냐? 노부를 대체 뭘로 보고……."

곡양이 흥분했지만, 진풍은 개의치 않고 말을 이었다.

"진짜 마교의 장로가 맞긴 한 거죠?"

"맞다니까!"

"그런데 왜 혼자 다녀요?"

"응?"

"보통 마교의 장로면 수하들도 주렁주렁 달고 다녀야 정상 아닌가요?"

진풍의 말을 가만히 듣고 있던 곡양이 무릎을 탁 쳤다.

"내가 왜 그 생각을 못 했을까?"

갑자기 급변한 상황 때문에 정신이 없었다.

그래서 함께 이곳에 온 마혈단 애들을 까맣게 잊고 있었다.

의미심장한 미소를 지은 채 복면인들을 노려보던 곡양이 힘껏 소리쳤다.

"야! 다들 얼른 튀어나와!"

곡양의 외침이 끝나기 무섭게 마인들이 사방에서 쏟아져 나왔다.

앞장서서 달려오는 마혈단주 적충원에게 곡양이 명령했다.

"저 새끼들, 잡아라."

"저 복면인들 말이십니까?"

"오절서생, 알지?"

"알고 있습니다."

"오절서생 가운데 세 놈인 것 같은데. 처리할 수 있겠어?"

"생포해야 합니까?"

"죽여도 상관없어."

"그럼 가능합니다."

"네놈들도 쓸데가 있긴 하구나."

마침내 적충원에게서 원하던 대답을 들은 곡양이 흡족한 미소를 지은 채, 진풍에게 소리쳤다.

"해결했다. 늦기 전에 어서 가자."

"진즉에 이렇게 했으면 좋았을걸."

"아깐 생각이 안 나는 걸 어떡하란 말이냐?"

"자랑이네요."

"뭐?"

"머리가 좋아야 손발이 고생을 안 하는 법인데."

"이 새끼가 진짜……."

곡양의 표정이 일그러진 순간, 진풍이 다시 냅다 달리기 시작했다.

잠시 뒤, 신법을 펼쳐서 진풍의 옆으로 따라붙은 곡양이 답답한 표정을 지은 채 입을 뗐다.

"굼벵이도 네놈보다는 빠르겠다."

"굼벵이보다는 내가 훨씬 더 빠르거든요."

"어린놈의 새끼가 어르신 말씀하시는데 따박따박 말대꾸는."

"그럼 말 시키지 마요. 지금도 힘들어 죽겠거든요."

"이 싸가지 없는 새끼. 그러지 말고 업혀!"

"무거울 텐데……."

"누가 그걸 몰라? 딱 봐도 알겠구만. 그렇지만 상황이 급하니까 어쩔 수 없잖아."

진풍이 쾌재를 불렀다.

마다할 이유가 없었다.

그래서 진풍이 냉큼 곡양의 등 위에 올라탔다.

"끄응……. 예상은 했지만 진짜 더럽게 무겁구나."

곡양이 인상을 구겼지만, 진풍은 개의치 않고 웃었다.

"나쁘지 않네요."

"뭐가 나쁘지 않다는 거야?"

"마교 장로의 등에 또 언제 업혀 보겠어요?"

"그래, 가문의 영광인 줄 알아라."

곡양이 비아냥대며 진풍에게 물었다.

"근데 어디로 가면 되냐?"

"일단 내가 달리던 방향으로 계속 달려요."

"그러지 말고 목적지를 일러 주는 게 어떠냐?"

"싫은데요."

"싫어? 왜?"

"내가 만약 목적지를 알려 주면 날 내려놓고 혼자 갈 심산이잖아요?"

진풍이 정곡을 찌르자, 곡양이 다시 앓는 소리를 냈다.

"끙, 더럽게 무거운 대다가 똑똑하기까지 한 새끼!"

그런 곡양에게 진풍이 한마디를 덧붙였다.

"시간 없다니까요. 서둘러야 돼요."

자청문은 청해성에 위치한 작은 문파였다.

그래서 어느 누구도 주목하지 않는 자청문에 거물 중의 거물이라 할 수 있는 무림맹주 백문성이 나타난 셈이었다.

"누군가?"

"나는 백문성이라고 하네. 모자란 능력에도 불구하고 운이 좋아서 현재 무림맹을 이끌고 있지."

비로소 불청객의 정체를 알아챈 이규성이 두 눈을 부릅떴다.

그리고 상대가 상대인 만큼 존댓말로 바꾸어 물었다.

"무림맹주께서 대체 왜 보잘것없는 이곳까지……?"

"순서가 틀렸군."

"……?"

"무림맹주를 알현했으면 먼저 인사 정도는 해야 하는 것, 아닌가?"

예기치 못 한 상황.

이곳에 무림맹주가 갑자기 나타날 것이라고는 꿈에도 생각지 못 했기에 이규성을 포함한 노인들은 당황한 기색이 역력했다.

어떤 식으로 반응해야 할지 갈피를 잡지 못 하고 있던 노인들이 엉겁결에 예를 표할 때, 백문성이 입을 뗐다.

"내가 이곳에 온 이유에 대해서는 자네들이 더 잘 알 것 같은데."

"무슨 말씀이신지……?"

"무림맹에 급보가 들어왔네."

"급보라면……?"

"자청문주 이규성이 마교와 내통하고 있다는 소식이 적혀 있더군."

"모함입니다."

이규성이 언성을 높이며 혐의를 부인했다.

그러나 백문성은 제대로 귀를 기울이지 않았다.

마치 다 알고 있다는 듯 의미심장한 웃음을 지었을 뿐이었다.

그리고 백문성은 이규성을 비롯한 노인들이 정신을 차릴 때까지 기다려 주지 않았다.

"목이 마르군!"

백무성이 거침없이 걸음을 옮기기 시작했다.

열 걸음, 아홉 걸음, 여덟 걸음.

거리가 서서히 좁혀졌다.

백문성과의 거리가 좁혀지기 시작한 순간, 선대수가 혀를 내밀어 긴장으로 인해 바싹 마른 입술을 훑었다.

그리고 품속으로 손을 넣었다.

긴장 탓일까?

섭선을 움켜쥔 오른손에 흥건하게 땀이 고여 있었다.

여섯 걸음, 다섯 걸음. 네 걸음.

백문성과의 거리가 점점 더 줄었다.

기이잉.

내력을 주입한 섭선이 진동하기 시작했다.

세 걸음, 두 걸음, 그리고 한 걸음.

숨소리가 들릴 정도로 백문성이 지척까지 접근했다.

선대수가 더 기다리지 못 하고 내력을 끌어 올렸다.

스르륵.

옷자락이 부딪히는 소리와 함께 백문성이 선대수의 곁을 스쳐 지나갔다.

그렇지만 선대수는 끝내 섭선을 꺼내지 못 했다.

백문성이 스쳐 지나가는 것을 물끄러미 바라보기만 했다.

'죽일 수 없어!'

선대수가 짤막한 한숨을 토해 냈다.

오랫동안 이 순간을 기다려 왔다.

그리고 마침내 백문성을 죽일 수 있는 절호의 기회가 찾아왔지만, 선대수는 섭선을 꺼내 들어 보지도 못 했다.

백문성이 괜히 무림맹주의 직책에 오른 것이 아니었다.

태산!

백문성의 기도는 마치 태산과 같았다.

태산에 작은 흠집을 낸다고 해서 무엇이 바뀔까?

선대수가 그 사실을 깨닫고 한숨을 내쉬는 사이에도 백무성은 거침없이 집무실로 걸음을 옮겼다.

집무실에 도착한 백문성이 탁자 앞에 놓인 찻잔 중 하나를 거침없이 들어 올렸다.

"향이 좋군. 이건 누가 준비한 건가?"

"내가 했소."

노인들 가운데 오른쪽 뺨에 붉은 검상의 흉터가 남은 노인이 대답하자, 백문성이 흐릿하게 웃었다.

"귀한 차로 준비했군!"

"오늘이 특별한 자리라서 어렵게 준비한 것이오."

"특별한 자리라……."

희미하게 고개를 끄덕인 백문성이 뜨거운 차를 단숨에 비웠다.

그 모습을 확인한 검상 흉터가 있는 노인이 순간 두 눈을 빛냈다.

그러나 백문성은 알아채지 못 하고 아쉬운 기색을 드러냈다.

"혹시 술은 없는가?"

"술도 준비한 게 있습니다."

"그거 듣던 중 반가운 소리로군. 한잔 줘 보게."

백문성이 술잔 대신 손에 들고 있던 찻잔을 앞으로 내밀었다.

달달달.

무림맹주의 앞이라 긴장한 탓일까?

곱추처럼 허리가 굽은 노인이 두 손을 떨면서 찻잔에 술을 따랐다.

"어디 한 번 맛을 볼까?"

백문성이 망설임 없이 술을 들이켰다.

맛을 음미하듯 두 눈을 감고 있던 백문성이 번쩍 눈을 떴다.

"맛이 기가 막히군!"

"운남의 특산주 중 최고로 치는 것입니다."

"그래, 명주라 불러도 손색이 없군."

탁!

백문성이 찻잔을 탁자 위에 내려놓았다.

순간 곱추 노인이 안광을 빛냈지만, 백문성은 역시 알아채지 못 했다.

그때, 이규성이 조심스럽게 입을 뗐다.

"아까도 말씀드렸다시피 오해입니다."

"오해라……."

"그렇습니다."

"그야…… 두고 보면 알겠지. 그리고 그것 외에도 자네들과 관련이 된 흥미로운 소문을 들었네."

"흥미로운 소문이라면?"

"천비동!"

백문성이 짤막하게 대답하자, 이규성을 비롯한 노인들의 표정이 약속이라도 한 것처럼 굳어졌다.

그 반응을 살피던 백문성이 덧붙였다.

"제대로 찾아온 것 같군. 좋은 대접도 받고 말이야."

휘청.

피식 웃으며 덧붙이던 백문성이 순간 중심을 잃었다.

탁자를 모서리를 손으로 붙잡고서야 간신히 넘어지지 않고 중심을 잡는 데 성공한 백문성의 표정이 굳어졌다.

그리고 두 눈을 빛내고 있는 오른쪽 뺨에 붉은 검상의 흉터가 남아 있는 노인을 향해 시선을 던졌다.

"차에 뭘 탔군!"

"뭔가 오해가……."

"이게 뭐지?"

백문성이 차 맛을 음미하듯 두 눈을 가늘게 뜨고 있던 백문성이 천천히 입을 뗐다.

"무형독…… 이로군!"

무형독은 독성이 강하기로 소문이 나 있는 독이었다.

게다가 맛이나 향이 전혀 없어 더욱 무서운 독이기도 했다.

"그럴 리가 없소!"

"확실한가?"

"감히 맹주를 암살키 위해서 독을 탔겠소?"

흉터 노인이 강하게 부인했다.

그 반응을 살피던 백문성이 피식 웃었다.

"물론 그건 아니지."

"역시 뭔가 오해를……."

"날 죽이려던 게 아니었을 거야."

"……?"

"다른 사람들을 죽이기 위함이었겠지."

백문성이 덧붙인 말을 들은 흉터 노인의 낯빛이 백지장처럼 하얗게 질렸다.

그리고 흉터 노인을 바라보는 것은 백문성만이 아니었다.

자청문주 이규성을 비롯한 나머지 노인들도 흉터 노인을 향해 불신 어린 시선을 던지고 있었다.

"사실인가?"

"정말 그런 짓을 꾸몄나?"

"설마 했거늘 이런 몹쓸 짓을 꾸몄을 줄이야."

흉터 노인이 대꾸할 틈도 주지 않고 비난이 쇄도했다.

그때, 백문성이 다시 입을 뗐다.

"근데 차가 다가 아니더군."

"……?"

"……?"

"술에도 독이 들어 있었어. 장독인가?"

백문성이 대수롭지 않게 말했다.

그러나 장독은 절대 가벼이 여길 수 있는 독이 아니었다.

무형독과 함께 독성이 강하기로 소문이 자자한 독.

장독에 중독되면 채 일각도 지나지 않아 죽음에 이른다고 알려졌을 정도로 맹독이었다.

이규성을 비롯한 노인들의 불신 어린 시선이 이번에는 곱추 노인에게로 향했다,

"오해가 있었던 것이……."

"장독도 알아채지 못 할 정도로 한심하지는 않네."

"……."

"그리고 아직 끝이 아니네."

백문성이 이규성을 비롯한 네 노인들을 둘러보며 덧붙였다.

"여기로 오던 길에 살수 놈들을 만났네."

"살수?"

"흑막에 속한 살수 놈들이더군! 처음에는 그냥 내버려 둘까 했는데 그래도 명색이 무림맹주가 아닌가? 살수 놈들을 그냥 내버려 두고 지나칠 수가 없어서 일망타진했지. 그리고 그놈들에게 누구의 사주를 받았냐고 물었지."

"……?"

"……?"

"백사문의 문주에게서 사주를 받았다고 털어놓더군."

백문성의 시선이 왼손의 손가락이 둘뿐인 백사문주 황동익에게 향했다.

변명의 여지조차 없는 듯, 입을 꾹 다물고 있는 황동익을 살피던 백문성이 마지막으로 이규성에게 시선을 던졌다.

"자넨 뭘 준비했나?"

"나는 아무것도…… 준비하지 않았소."

"내게 그 말을 믿으라고?"

"……."

"탓하는 게 아닐세. 보물 앞에서 욕심이 생기는 것은 당연한 거니까."

백문성이 흐릿하게 웃었다.

그리고 도무지 이해할 수 없다는 표정을 짓고 있는 노인들에게 말했다.

"보아하니 무형독에다 장독에까지 중독됐는데 왜 안 죽고 멀쩡한지 이해가 안 간다는 표정이로군."

정곡을 찔려서일까?

흉터 노인과 곱추 노인이 흠칫한 순간, 백문성이 말을 이어 나갔다.

"아쉽겠지만 어지간한 독으로는 날 어찌할 수 없네. 게다가 이럴 줄 알고 미리 해약까지 먹은 상황이니 어찌 쓰러지겠나? 자, 설명은 이쯤하지. 어서 천비동의 위치가 그려진 장보도를 내놓도록 하게."

백문성의 말이 끝나기 무섭게 노인들이 눈짓을 교환했다.

하지만 이미 서로를 향한 불신이 깊이 자리잡은 탓일까.

얼마 지나지 않아 서로의 시선을 외면했다.

그런 노인들을 살피던 백문성의 입가에 머물러 있던 웃음이 짙어졌을 때, 이규성이 대표로 입을 뗐다.

"선택의 여지가 없으니 장보도를 내놓겠소."

"잘 선택했군."

"그전에 마지막으로 하나만 묻겠소."

"뭔가?"

"맹주께서 천비동을 욕심내는 이유가 대체 무엇이오?"

이규성의 날카로운 질문을 들은 백문성이 입가에 머금고 있는 웃음을 지우지 않은 체 대답했다.

"대의를 위해서라고 대답하면 만족하겠나?"

이규성은 전혀 만족한 기색이 아니었다.

오히려 코웃음을 쳤다.

그 반응을 확인한 백문성이 다시 입을 뗐다.

"역시 믿지 않는군."

"내가 그 말을 했다면 맹주께서는 순순히 믿겠소?"

"물론 안 믿겠지."

"……."

"그런데 꼭 알아야겠나?"

"들어야겠소."

"그럼 알려 주지."

백문성이 잠시 뜸을 들은 후 대답했다.

"이 강호를 내 것으로 만드는 계획을 완성키 위해서 천비동이 필요하네."

6장
그런데 어떻게 돌아왔죠?

작은 의심!

모용수린은 마음속에 한 조각의 작은 의심을 가지고 있었다.

그 이유는 색마 선대수를 잡아 오라는 임무를 수행하기 직전, 무림맹의 책사인 제갈명을 만났기 때문이었다.

제갈명은 그녀에게 은밀히 당부했다.

"맹주께서는 내가 알지 못 하는 그림을 그리고 있는 듯 하네. 한데 대체 어떤 그림인지 도무지 짐작할 수가 없어. 난 그 그림이 대체 무엇인지 알아야겠네. 그리고 그 단서는 아마 색마 선대수가 가지고 있을 걸세."

모용수린은 백문성을 믿었다.

백문성은 모두에게 존경받고 있는 훌륭한 무림맹주였으니까.

그렇지만 지금은 무척 혼란스러웠다.

제갈명의 이야기를 들은 것이 혼란의 시작이었고, 색마 선대수를 직접 만난 것이 더욱 혼란스러워진 계기였다.

"무림공적이라고 해서 사람들을 막 죽이지는 않아!"

색마 선대수는 자신을 죽일 기회가 찾아왔음에도 살수를 쓰지 않았다.

물론 선대수가 자신을 죽이지 않은 것 때문만은 아니었다.

씨익 웃으며 떠나던 선대수는 무림공적으로 지목될 정도로 악인처럼 보이지 않았다.

오히려 좋은 사람처럼 보였다.

"색협 선대수는 좋은 강호인이거든요."

그와 동시에 서진풍이 했던 말이 떠올랐다.

서진풍이 대체 왜 색마 선대수를 비호하는지 이해가 가

지 않았다.

그렇지만 거기에는 어떤 이유가 있을 거라는 생각이 들기 시작했다.

사람이란 모두 각기 다른 입장에서 살아가는 법이었다.

그리고 다른 입장에서 다른 각도로 바라보면 다른 것이 보이는 법이었다.

"자네가 사랑하는 사람의 이야기에 귀를 기울이게."

선대수가 마지막으로 던졌던 충고가 결정타였다.

모용수린의 마음속에 자리 잡고 있던 작은 의심이 점점 부피를 키워 갔다.

그래서 모용수린은 자신의 눈과 귀로 직접 확인하기로 결심을 굳혔다.

선대수의 말은 사실이었다.

정확히 일각이 흐르고 나자, 마혈이 풀렸다.

다시 움직일 수 있게 된 모용수린은 망설이지 않고 선대수의 뒤를 쫓기 시작했다.

추격은 그리 어렵지 않았다.

마음이 조급해서일까?

선대수는 자신의 흔적을 지우기 위해 애쓰지 않았다.

선대수가 남겨 놓은 흔적을 뒤쫓아가던 모용수린이 멈춰

선 곳은 자청문이었다.

선대수의 흔적이 자청문에서 끊겼다.

자청문 앞에 도착한 모용수린이 기척을 숨겼다.

마치 불청객이 찾아오는 것을 막겠다는 듯, 자청문 주변을 고수들이 둘러싸고 있었다.

최소한 절정 이상의 고수들.

'누굴까?'

자청문은 강호에 크게 알려지지 않은 중소문파에 불과했다.

그런 자청문에 이렇게 많은 고수들이 있을 리 없었다.

하지만 저 고수들의 정체를 파악할 방법이 현재로써는 없었다.

그리고 저 고수들의 이목을 속인 채 자청문 내부로 들어갈 방법 역시 없었다.

그래서 고심하던 모용수린이 기척을 감추고 최대한 자청문 근처로 접근한 채 내력을 끌어 올렸다.

그리고 이목을 기울이고 있자, 자청문 내부에서 흘러나오는 대화 소리가 희미하게 들려오기 시작했다.

"대의를 위해서라고 대답하면 만족하겠나?"

'무림맹주 백문성?'

희미한 대화 소리에 귀를 기울이던 모용수린이 눈을 부릅떴다.

잘못 들은 것이 아니었다.

분명히 백문성의 목소리였다.

'대체 이게 어떻게 된 거지?'

제갈명과는 수시로 연락을 주고받았다.

그렇지만 무림맹주 백문성이 맹 밖으로 움직였다는 소식은 듣지 못했다.

분명히 무림맹 안에 머무르고 있다고 알려진 백문성이 대체 왜 이곳에 있단 말인가?

의혹이 점점 늘어났다.

그리고 그사이, 백문성의 목소리가 다시 들려왔다.

"이 강호를 내 것으로 만드는 계획을 완성키 위해서 천비동이 필요하네."

선대수가 섭선을 움켜쥔 손에 힘을 더했다.

그녀의 말이 옳았다.

백문성은 욕심이 많은 자였다.

그리고 무서운 자이기도 했다.

자신이 가진 것에 만족하지 못 하고 더 많은 것을 얻기 위해서 오래전부터 무시무시한 계획을 세웠다.

"의심이 많은 사람들 때문에 내 계획을 완성시키는 데 시간이 꽤 오래 걸렸지."

백문성이 생기를 잃어버린 노인들을 둘러보며 말했다.

"천비동의 장소가 그려진 장보도를 사 등분해서 소유하고 있다가 한날 한곳에서 모은다는 계획. 내 애를 좀 태우긴 했지만 나쁘지는 않았어."

"그걸 다 어찌 알았소?"

"관심이 있으면 알게 되는 법이지."

이규성이 질렸다는 표정으로 던진 질문에 백문성이 흐릿하게 웃으며 대꾸했다.

"각자 준비가 필요했겠지."

"준비라니요?"

"다른 이들을 죽이고 천비동의 위치가 그려진 장보도를 독차지하기 위해서는 준비를 할 시간이 필요했을 것 아닌가?"

"그건……."

"누군가는 극독을, 누군가는 살수들을, 또 누군가는 다른 것을 준비했지 않은가?"

이규성이 뭔가 할 말이 남은 듯 입술을 실룩였다.

그러나 결국 그대로 입을 다물었다.

얼굴이 벌겋게 달아올라 있는 노인들을 둘러보던 백문성이 다시 입을 뗐다.

"아까도 말했지만 전혀 부끄러워할 것 없네. 보물 앞에 욕심이 생기는 것은 사람이라면 당연한 일이니까. 피를 나눈 의형제? 웃기는 소리지. 돈 몇 푼 때문에 부모도 죽이는 세상인데 의형제가 무슨 대수라고."

정곡을 찔려서일까?

노인들의 표정이 잔뜩 일그러진 순간, 백문성이 손을 내밀었다.

"그만 장보도를 내놓게!"

최후통첩!

노인들이 눈짓을 교환했다.

그리고 포기한 듯 이규성이 작은 상자를 내밀었다.

"이것이로군!"

백문성의 두 눈에 희열이 떠올랐다.

그리고 상자를 향해 막 손을 내밀었을 때였다.

"욕심이 과했네!"

"미안허이!"

"누가 누굴 탓할까."

"다 내 탓이네!"

눈빛을 교환하던 노인들이 마치 고해성사를 하듯 거의 동시에 입을 열었다.

뭔가 심상치 않음을 느낀 백문성의 눈빛이 날카롭게 변한 순간, 이규성이 다시 입을 열었다.

"잘들 가시게나!"

이규성이 작별인사를 꺼냈다.

"나도 곧 따라가겠네!"

그제야 노인들의 표정이 편안하게 변했다.
반면 백문성의 표정은 일그러졌다.
"대체 무슨 짓을 꾸미는……."
백문성의 말이 끝나기도 전에 이규성의 손이 움직였다.
탁자의 모서리 부분을 향한 이규성의 손이 살짝 힘을 더 한 순간, 단단한 탁자의 모서리가 힘없이 꺾였다.
덜컥!
그그긍!
탁자가 흔들렸다.
아니, 집무실 전체가 흔들렸다.
끼릭. 끼리릭!
쇠와 쇠가 부딪히는 마찰음이 흘러나왔다.
철컹. 철커덩.
그와 동시에 철문이 내려오며 집무실이 순식간에 밀실로 변했다.
"기관!"
선대수가 혀를 내둘렀다.
장보도를 독차지하기 위해서 이규성이 준비한 것은 기관이었다.
원래는 다른 노인들을 죽이기 위해서 준비해 두었던 기관이었지만, 지금은 목표가 바뀌었다.
이 기관의 목표는 백문성이었다.

구구구궁.

쐐액. 쐐애액.

콰콰콰쾅!

기관이 만들어 내는 무시무시한 소리가 들렸다.

그러나 집무실이 완전한 밀실로 변해 버린 탓에 선대수도 집무실 내부의 상황까지는 알 수 없었다.

"맹주님!"

"괜찮으십니까?"

"뭣들 하느냐? 어서 문을 열어라!"

백문성과 함께 온 무인들이 밀실로 변한 집무실 앞으로 몰려들어 호들갑을 떨어 대기 시작했다.

하지만 워낙 갑작스러운 상황이라 모두 우왕좌왕하고 있었다.

슈악. 슈아악!

챙. 채애앵!

그사이에도 밀실로 변한 집무실 안에서는 무시무시한 파공음과 함께 쇠끼리 부딪히는 소리가 쉬지 않고 들려왔다.

그때였다.

밀실 안에서 들려오던 요란한 소리가 사라진 것은.

그긍. 그그긍.

다시 자청문 전체가 떨리기 시작했다.

철컹. 철컹.

그리고 집무실을 밀실로 만들었던 철문들이 위로 올라갔다.

기관의 발동이 멈춘 순간, 오직 적막만이 감돌았다.

잠시 뒤, 무인들 가운데 한 명이 꽉 닫혀 있는 집무실의 문을 밀었다.

그그긍. 그긍.

'뭐지?'

모용수린이 몸을 숨기기 위해서 바싹 붙어 있던 담벼락이 울렸다.

아니, 담벼락만이 아니었다.

자청문 주변 전체가 지진이라도 난 것처럼 흔들렸다.

그리고 그게 끝이 아니었다.

타다닷.

타다다닷.

불청객이 침입할 것을 대비해서 자청문 주변을 물샐틈없이 에워싸고 있던 무인들이 분주하게 움직이기 시작했다.

"무슨 일이지?"

자청문 안에서 범상치 않은 일이 생긴 것이 틀림없었다.

하지만 자청문 밖에 숨어 있는 모용수린의 입장에서는 대체 상황이 어떻게 돌아가는지 알아낼 수 있는 방법이 없었다.

"일단 들어가 보자!"

아까는 무인들에게 들키지 않고 들어갈 방법이 없었다.

그래서 자청문 내부로 들어갈 엄두도 내지 못했다.

하지만 이제는 상황이 바뀌었다.

무인들이 자청문 내부로 달려가는 바람에 촘촘하던 포위망에 구멍이 생겼다.

지금이라면 들키지 않고 자청문 내부로 들어갈 수 있었다.

마침내 결심을 굳힌 모용수린이 막 움직이려 했을 때였다.

탁!

어깨에 누군가의 손이 닿았다.

쿵!

그 손길을 느낀 모용수린은 심장이 내려앉을 만큼 놀랐다.

반사적으로 검을 들었다.

그리고 상대를 확인하지도 않고 막 검을 휘두르려고 했을 때였다.

"나예요."

낯익은 목소리를 듣고서야 검병을 움켜쥔 모용수린의 손에서 힘이 빠져나갔다.

어느새 곁으로 다가와 싱글거리며 웃고 있는 서진풍을

발견한 모용수린이 참지 못 하고 긴 한숨을 내쉬었다.

그 한숨에 담긴 의미는 두 가지였다.

우선 긴장이 풀렸다.

혹시 자청문을 지키는 무인들에게 들킨 것이 아닐까 하는 생각에 눈앞이 캄캄하게 변했었는데.

그게 아니었다.

그리고 서진풍의 얼굴을 본 순간 마음이 놓였다.

표행을 습격한 복면인들의 무공수위가 대단하다는 것은 모용수린도 알고 있었다.

그래서 혹시 서진풍이 잘못되지 않았을까 계속 걱정되고 신경이 쓰였었는데.

"괜찮아요?"

"보다시피 난 괜찮아요."

"하지만 아까 그 복면인들은 대단한 고수였는데."

"우리 쪽에도 고수가 있었거든요."

'고수?'

무슨 말인지 이해가 가지 않았다.

그래서 고개를 갸웃하는 사이, 서진풍이 재빨리 물었다.

"모용 소저는 괜찮아요?"

"괜찮아요."

"운이 좋았네요."

"네, 운이 좋았어요."

"모용 소저 말고요."

"네?"

"선 형이 운이 좋았다고요."

"……?"

"털끝만큼이라도 다쳤다면 내가 가만두지 않으려고 했거든요."

농담이 아니라 진심이었다.

그래서 모용수린의 뺨이 붉어졌을 때, 서진풍이 덧붙였다.

"가지 말아요."

"네?"

서진풍이 다짜고짜 내뱉은 말을 듣고서, 모용수린이 의아한 시선을 던졌다.

"안으로 들어가지 말라고요."

"하지만……."

"여기서 기다려요."

"왜죠?"

"더 가까이 다가가면 죽을 수도 있어요."

서진풍의 눈빛은 진지했다.

그리고 자신을 진심으로 걱정해서 하는 말임을 알아챈 모용수린의 마음이 따스해졌다.

그렇지만 순순히 물러날 수는 없었다.

지금 저 안에서 벌어지고 있는 일을 직접 확인해야 했기 때문이었다.

"그럴 순 없어요. 저 안에 내가 꼭 알아야 할 진실이 있어요."

"그래서 가지 말라는 거예요."

"……?"

"누군가가 감추려는 진실은 위험한 법이거든요."

"그렇지만……."

모용수린이 도중에 입을 다물었다.

서진풍의 말이 옳았다.

누군가가 감추려 하는 진실에 접근할수록 위험해지는 법이었다.

하물며 지금 이곳에 있는 자는 무림맹주 백문성이었다.

그가 감추려고 하는 진실이 대체 무엇일까?

그리고 얼마나 무서운 진실일까?

호기심과 두려움이 동시에 찾아왔을 때였다.

"내가 갈 거예요."

"서 소협이요?"

"그래요."

"서 소협이 왜요?"

"난 지켜야 할 것이 있거든요."

"설마 선대수 때문인가요?"

"맞아요."

"겨우 그런 자 때문에……."

몇 번을 생각해 봐도 서진풍이 이해가 가지 않았다.

그래서 고작 선대수 때문에 목숨을 거는 것은 너무 무모한 짓이라고 말하려고 했을 때였다.

"그 이유가 다가 아니에요. 또 한 가지 이유가 더 있어요."

"또 뭐죠?"

"모용 소저는 임무지만, 난 직접적인 당사자거든요."

"당사자?"

"기억 안 나요?"

"……?"

"내가 무림맹 영재발굴대회 청해성 예선의 우승자라고 말했던 것."

'그런 얘기를 했던가?'

모용수린이 고개를 갸웃거렸다.

얼핏 비슷한 얘기를 들은 것 같은데 확실히 기억이 나지는 않았다.

어쨌든 지금 중요한 것은 그게 아니었다.

서진풍이 대체 왜 하필 지금 무림맹 영재발굴대회와 관련된 이야기를 꺼내 놓는지가 제대로 이해가 가지 않았다.

"그 얘기를 왜 지금 꺼내는 거예요?"

그래서 모용수린이 질문을 던지자 서진풍이 대답했다.

"내 생각이 틀리지 않다면 무림맹주 백문성이 세운 무시무시한 계획은 거기서부터 시작됐으니까요."

"그게 대체 무슨 얘기죠?"

"당시에 본선 참가자들에게 벌어졌던 일, 혹시 기억하고 있어요?"

"당연히 기억하고 있죠."

신임 무림맹주인 백문성이 취임을 기념하며 야심차게 개최했던 무림맹 영재발굴대회의 예선을 통과했던 중원 전역의 영재들은 본선을 치르기 위해서 무림맹으로 출발했다가 깜쪽 같이 사라져 버렸다.

실종!

꽤 오랜 시간이 지났지만 모용수린은 선명하게 기억하고 있었다.

그리고 모용수린이 똑똑히 기억하고 있는 이유는 당시에 실종된 자들 중에 오라버니인 모용휘도가 포함되어 있었기 때문이었다.

"그 엄청난 사건을 잊었을 리가……."

무심코 입을 열던 모용수린이 순간 둔기로 뒤통수를 얻어맞은 것처럼 커다란 충격을 받았다.

"서 소협!"

"갑자기 왜 그렇게 봐요? 꼭 귀신이라도 본 사람처럼."

"방금 청해성 예선 우승자라고 했었죠?"
"그랬죠."
"그럼 서 소협도 납치를 당했던 건가요?"
"납치당했죠."
모용수린이 망연자실한 표정을 지은 채 재빨리 다시 물었다.
"그런데…… 그런데 어떻게 돌아왔죠?"

모용휘도.
오라버니는 천재였다.
하나를 알려 주면 열을 깨달을 정도로 대단했다.
그래서 앞으로 모용세가를 중원제일세가의 위치에 올려놓을 인재라는 소문이 자자했을 정도였다.
물론 당시의 모용수린은 그런 것에 대해 몰랐다.
다만 오라버니가 좋았다.
오라버니는 언제나 다정했고, 가끔씩 머리를 헝클이며 쓰다듬어 주는 손길이 그렇게 따스할 수 없었다.
"잠깐 집을 비울 거야. 금방 돌아올 거니까 조금만 기다려."
오라버니의 약속을 믿었다.
그래서 오라버니가 돌아오기를 손꼽아 기다렸다.
하루, 이틀, 한 달.

오라버니가 돌아오기로 약속한 날짜는 두 달이었다.

하지만 두 달이 훌쩍 지났음에도 오라버니는 돌아오지 않았다.

그리고 그 무렵부터 아버지와 어머니의 표정이 어두워졌다.

아직 어린 모용수린이었지만, 뭔가 심상치 않은 일이 벌어졌다는 것은 알 수 있었다.

"오라버니는 왜 안 와?"

"휘도는 이제 오지 못 한단다."

아버지는 오라버니의 죽음을 알렸다.

그렇지만 죽음이란 두 글자에 담겨 있는 의미를 알아채기에는 당시의 모용수린은 너무 어렸다.

무림맹 영재발굴대회와 납치, 그리고 오라버니의 죽음에 대해 이해한 것은 그 후로 몇 년이 흘러서였다.

오라버니가 보고 싶었다.

머리를 쓰다듬어 주는 오라버니의 따스한 손길이 사무치게 그리웠다.

하지만 겉으로 내색하지는 않았다.

모용수린은 본능적으로 깨달았다.

오라버니를 그리워하면 할수록 부모님이 더 슬퍼할 거란 사실을.

그리고 오라버니의 빈 자리를 자신이 대신해야 한다는

것을.

그래서 어리광을 피우는 대신 책을 읽었다.

또래의 여인들이 화장을 하고 비단옷에 관심을 가질 때, 헐렁한 무복을 입고 손에 굳은살이 배도록 검을 휘둘렀다.

그 노력이 헛되지 않았을까?

모용수린은 혜화라는 별호를 얻었다.

그리고 무림맹 휘하 용봉단에 선발되는 쾌거를 이루었다.

용봉단에 선발되었을 때, 수많은 사람들이 축하해 주었다.

그렇지만 모용수린은 기뻐할 겨를도 없었다.

오라버니를 대신해서 오라버니의 몫까지 해내야 한다는 중압감이 마음을 짓눌렀기 때문이었다.

그리고 또 하나, 오라버니의 납치에 관한 진실을 파헤치고 싶었다.

'무림맹에 들어간다면 그날의 진실에 조금 더 가까이 접근할 수 있지 않을까?'

용봉단에 선발된 것보다, 오라버니의 납치에 감춰진 진실에 다가갈 수 있다는 사실이 더욱 기뻤다.

하지만 그 기대는 곧 실망으로 바뀌었다.

용봉단원이 되었지만 오라버니의 납치에 관해서 더 알아낼 수 있는 것은 없었다.

그리고 용봉단원으로 바쁘게 일하는 시간이 길어질수록,

오라버니의 납치에 관한 진실을 알아내겠다는 생각은 점점 희미해져 갔다.

그래서 어느 순간부터 까맣게 잊고 지냈을 정도였다.

그런데 전혀 예상치 못한 곳에서 오라버니의 납치와 관련된 진실을 알아낼 수 있는 기회가 찾아왔다.

"그런데…… 그런데 어떻게 돌아왔죠?"

어떻게 이렇게 중요한 것을 여태껏 놓치고 있었을까?

모용수린이 스스로를 자책했다.

강호인들에게서 혜화라 불리는 것이 창피할 지경이었다.

당시에 실종됐던 영재들은 단 한 명도 돌아오지 못 했다.

그래서 당연히 죽었다고 여겼다.

그런데 여기 돌아온 사람이 있었다.

"사람 구실을 할 수 있을 정도는 됐기 때문에 돌아올 수 있었죠."

"……?"

"난 다른 곳에 납치됐었거든요."

"다른 곳?"

"그래서 돌아올 수 있었어요. 그렇지만…… 거기도 지옥이었어요."

비로소 의문이 풀린 순간, 서진풍이 쓰게 웃으며 덧붙였다.

"어쨌든 중요한 건 그게 아니에요."

"그럼 뭐가 중요하죠?"

"대체 누가 영재들을 납치했는가죠."

이 질문에는 여러 가지 주장들이 존재했다.

그 주장들 가운데서 가장 설득력을 얻은 것은 영재들을 고수로 키워 내서 무림맹의 힘이 강해지는 것을 두려워 한 마교의 소행이라는 주장이었다.

그래서 모용수린이 대답했다.

"마교예요."

"마교? 확실해요?"

"마교의 소행이 틀림없어요. 마교가 아니면……."

"마교는 아닐세!"

모용수린의 말을 도중에 자르고 치고 들어온 것은 염마 곡양이었다.

"그건 내가 보증하지."

곡양을 마주한 모용수린이 힘주어 말했다.

"발뺌을 하기 위해서 그런 말을……."

"자넨 누군가?"

"저는 모용수린입니다."

"모용수린? 모용세가주의 여식인가?"

"그렇습니다."

"혜화라 불린다고 하기에 꽤 똑똑한 줄 알았더니 헛소문이었군."

"……?"

"지금 여기가 공개적인 장소도 아니고 자네가 무림맹에서 대단한 직책을 가진 것도 아니지 않은가? 그런데 내가 뭐가 아쉬워서 변명을 늘어놓겠는가?"

꽤 고전을 치른 탓일까?

처음 보았을 때보다 얼굴이 헬쓱하게 변한 곡양을 모용수린이 뚫어져라 바라보았다.

곡양의 말이 옳았다.

그가 지금 여기서 당시의 사건에 대해서 발뺌을 하거나, 변명을 늘어놓을 만한 이유가 없었다.

"정말 마교의 소행이 아닌가요?"

"내가 아는 한 아닐세. 내 이름을 걸고 보증하지."

"그럼 대체 누구죠?"

모용수린이 질문을 던졌다.

그렇지만 대답을 바라고 던진 질문은 아니었다.

당시 사건의 가장 유력한 용의자였던 마교의 소행이 아니라는 것이 밝혀진 순간, 머릿속이 헝클어졌다.

그런 그녀를 돕기 위해서 곡양이 입을 뗐다.

"복잡해 보이는 문제일수록 답은 간단한 곳에 있지."

"무슨 뜻이죠?"

"선입견이 판단력을 흐리게 만든다는 뜻이네."

"……."

"당시에 각 성에서 출발한 영재, 뭐 진짜 영재인지는 모르겠지만 어쨌든 그 어린애들의 수는 서른이 넘었지. 그런데 그 어린놈들이 무림맹을 향해 움직이다가 한꺼번에 감쪽같이 사라졌지. 그게 가능하려면 무엇이 가장 필요할까?"

"정보죠."

각 성의 예선을 통과한 영재들의 명단과 영재들이 움직이는 동선과 수단, 호위무사들의 수 등등.

완벽한 납치 계획을 세우기 위해서 가장 필요한 것은 정보였다.

"마교에 그 정도 정보력이 있다고 생각하나?"

"충분하다고 판단하고 있어요."

"우리 마교를 너무 과대평가하고 있군. 자네도 알겠지만 당시의 마교는 극심한 내분을 겪고 있었어. 다른 곳에 눈을 돌릴 여유 따윈 없었지. 그런데 영재라는 애새끼들한테까지 신경을 쓸 수 있었을까?"

"그럼 대체 누구의 소행이란 거죠?"

"가장 쉽게 정보를 얻을 수 있는 자겠지."

"그게 대체 누구……?"

다시 질문하던 모용수린이 도중에 입을 다물었다.

곡양의 말이 맞았다.

무척 복잡해 보이던 문제였지만, 답은 간단했다.

각 성에서 치러진 예선을 통과한 영재들에 대한 정보를 가장 쉽게 알아낼 수 있는 사람은 대체 누구일까?

그리고 그 영재들을 한꺼번에 납치할 정도의 능력이 있는 것은 누구일까?

이 두 가지 질문에 대한 답을 동시에 충족시킬 수 있는 사람은 아무리 생각해도 딱 한 명뿐이었다.

"설마 맹주님…… 을 의심하고 계신 건가요?"

"의심이 아니라 확신이지."

"하지만……."

"똑똑하다면서. 그런데 똑똑한 놈들이 세상 사람들이 다 알고 있는 것을 놓치고 지나가는 이유가 뭔지 알아?"

"……?"

"선입견 때문이지."

곡양의 이야기는 그럴듯했다.

백문성을 존경했다.

그래서 백문성은 애초부터 용의선상에서 완전히 제외하고 있었다.

"잘 생각해 봐. 생긴 것부터 음침하게 생겼잖아!"

다른 때였다면 아무리 상대가 마교의 장로인 곡양이라고 해도 이런 이야기를 듣고 참고 있지 않았을 텐데.

지금은 워낙 충격이 커서 그럴 엄두도 내지 못했다.

작은 의심이 생겼다.

그리고 지금 곡양의 말로 인해서 마음속에 자리 잡고 있던 작은 의심이 걷잡을 수 없을 정도로 부피를 키워 나갔다.

무척 혼란스러웠다.

그래서 생각에 잠겼던 모용수린이 서진풍에게 물었다.

"서 소협의 생각은 어때요?"

"나는 무림맹주 백문성에 대해서 아는 게 거의 없어요. 그렇지만 백문성을 좋아하는 편은 아니에요."

"왜죠?"

"무림맹 영재발굴대회라는 쓸데없는 짓을 갑자기 벌여서 내 인생을 아주 꼬이게 만들었거든요."

"그럼 서 소협도 맹주님을 의심하는 건가요?"

"꼭 그 이유 때문만은 아니에요."

"그럼 맹주님을 의심하는 이유가 뭐죠?"

"아까도 말했지만 무림맹주 백문성에 대해서는 아는 게 없어요. 하지만 색협 선대수에 대해서는 잘 알죠."

"……."

"난 사람을 보는 내 눈을 믿어요."

서진풍의 눈을 믿어도 될까?

혼란이 극에 달했다.

그사이, 곡양이 더 기다리지 못 하고 재촉했다.

"자, 얼른 들어가자고."

모용수린이 천천히 몸을 일으켰다.

자신의 눈으로 직접 확인하고 싶었기 때문이었다.

그렇지만 서진풍이 다시 고개를 흔들며 만류했다.

"모용 소저는 가지 말아요."

"대체 왜 못 가게 하는 거죠?"

"그야 위험하니까요."

'위험하다?'

방금 서진풍이 꺼낸 말이 제대로 이해가 가지 않았다.

사실 위험하기로만 따진다면, 무림맹주인 백문성보다 마교의 장로인 곡양이 훨씬 더 위험한 인물이지 않은가?

그래서 의아한 시선을 던지고 있자, 서진풍이 덧붙였다.

"만약 백문성이 이 모든 것을 꾸민 장본인이라면 어떻게 할 것 같아요?"

"그야……."

살인멸구!

모용수린의 머릿속에 마치 당연하다는 듯이 네 글자가 떠올랐다.

그래서 멈칫한 사이 서진풍이 덧붙였다.

"내가 왜 들어가지 못 하게 하는지 알겠죠?"

모용수린이 희미하게 고개를 끄덕였다.

그 순간, 퍼뜩 한 가지 생각이 떠올랐다.

"서 소협은요? 서 소협도 위험하긴 마찬가지잖아요?"

"난 괜찮아요."

"왜요?"

"내 실력을 알고 있잖아요."

천살귀를 죽인 장본인이 서진풍이라는 사실을 이제는 모용수린도 알고 있었다.

그렇지만 불안감은 쉬이 사라지지 않았다.

만약 서진풍의 예상이 틀리지 않다면, 지금 맞닥트려야 하는 상대는 무림맹주 백문성이었다.

백문성은 천살귀와는 차원이 다른 고수.

"그렇지만……."

"든든한 조력자도 있고요."

'조력자? 설마?'

그 말을 꺼내는 서진풍의 시선은 염마 곡양에게 향해 있었다.

마교의 장로인 곡양을 든든한 조력자라고 여기고 있다니.

이 말을 듣고 나니 안심이 되기는커녕 더욱 불안해졌다.

"걱정하지 말아요."

"무사히…… 돌아올 거죠?"

"물론이죠."

"그럼 기다릴게요."

"그래요. 기다리고 있어요."

서진풍의 뜻은 확고했다.

저 확고한 뜻을 꺾을 자신이 없었기에 모용수린이 걱정스런 시선을 던지는 사이, 서진풍이 곡양과 함께 움직이기 시작했다.

그리고 잠시 뒤 서진풍이 걸음을 멈추고 고개를 돌렸다.

“만약에…… 그러니까 이건 진짜 만약인데 내가 혹시 돌아오지 못 하면 백화장을 부탁할게요.”

7장
그녀를 사랑하긴 했소?

선대수가 걸음을 옮겼다.

기관이 발동했던 자청문주의 집무실 앞에는 무림맹주 백문성이 이끌고 온 무인들이 몰려들어 있었다.

평소였다면 낯선 불청객인 선대수에게 무인들이 신경을 기울였겠지만, 지금은 워낙 다급한 상황이었다.

그래서 선대수는 아무런 제지도 받지 않고 자청문주 이규성의 집무실 앞으로 다가갈 수 있었다.

"뭐해? 어서 문을 열지 않고."

끼이익!

무인들 가운데 한 명이 힘주어 밀자, 집무실의 문은 별 저항 없이 열렸다.

덕분에 선대수도 집무실 내부의 상황을 확인할 수 있었다.

목불인견(目不忍見)!

선대수가 슬쩍 눈살을 찌푸렸다.

그의 눈에 들어온 집무실 내부는 지옥도가 따로 없었다.

'참혹하군!'

아무렇게나 나뒹굴고 있는 네 구의 시체.

고슴도치를 방불케 할 정도로 네 구의 시체에는 암기들이 빽빽하게 틀어박혀 있었고, 날카로운 도검에 형편없이 베이고 찢긴 터라 원래의 형체를 전혀 알아볼 수 없을 정도로 시체가 훼손되어 있었다.

"맹주님!"

"어디 계십니까?"

"무사하십니까?"

무인들이 앞 다투어 내지르는 외침을 한 귀로 듣고 한 귀로 흘리며, 선대수는 침착한 눈길로 집무실 내부를 살폈다.

'그리 쉽게 죽었을 리가 없어!'

백문성은 초절정 고수였다.

아무리 무서운 기관이었다고 해도, 백문성이 쉽게 당했을 리가 없었다.

'시체가 다섯 구가 아니라 네 구뿐이다?'

원래 집무실 내부에 있었던 인원은 무림맹주 백문성을

포함해서 다섯이었다.

하지만 지금 집무실 내부에 나뒹굴고 있는 시체는 네 구뿐이었다.

시체 한 구가 비었다.

그래서 역시 백문성이 죽지 않았을 거라 확신하고 있을 때였다.

덜컹!

적막만이 감돌고 있던 집무실 내부에 요란한 소리가 울려 퍼졌다.

철제문이 열리는 소리!

그와 동시에 집무실 바닥이 움직였다.

좀 더 정확히 말하면 자청문주 이규성이 앉아 있던 자리의 바닥에서 문이 열리며, 하나의 신형이 솟구쳐 올라왔다.

'예상대로군!'

선대수가 희미하게 고개를 끄덕였다.

백문성은 작은 상처 하나 없이 멀쩡했다.

그리고 이규성에게서 빼앗은 상자를 손에 움켜쥐고 있는 백문성의 입가에는 득의만만한 미소가 떠올라 있었다.

"맹주님!"

"맹주님이 무사하시다!"

"다친 곳은 없으십니까?"

무인들이 앞 다투어 질문을 쏟아 냈지만, 백문성이 손을 저으며 질문들을 가로막았다.

"그렇게 호들갑 떨 필요 없다. 이 정도 기관 따위가 날 어찌할 수 있을 것 같은가?"

"그렇지만……."

"정말 괜찮으십니까?"

무시무시한 기관의 발동을 직접 목도한 탓일까.

여전히 걱정스런 표정을 짓고 있는 무인들을 확인한 백문성이 느긋하게 입을 뗐다.

"인간이란 아주 간사한 동물이지. 함정을 파더라도 자기가 살 구멍 정도는 미리 만들어 두거든."

백문성의 말귀를 제대로 알아듣지 못한 무인들은 어리둥절한 표정을 짓고 있었다.

그렇지만 선대수는 달랐다.

백문성이 방금 꺼낸 이야기와 그가 열고 나온 바닥의 철제문을 통해서 상황을 대충 유추할 수 있었다.

다른 노인들이 욕심에 눈이 멀어서 독과 살수를 준비한 것과 마찬가지로 자청문주 이규성도 미리 준비한 것이 있었다.

바로 집무실 내부에 설치한 기관이었다.

무시무시한 기관!

다른 노인들을 죽이기 위해서 설치한 기관이 발동했을 때 혼자 살아남기 위해서 이규성은 몸을 숨길 곳을 마련해 두었으리라.

바로 자신이 앉아 있던 의자 아래의 지하 공간.

기관이 발동하는 동안 그 지하 공간에 몸을 숨긴 채 모든 상황이 종료되면 밖으로 나올 생각이었으리라.

'나쁘지 않았어!'

이규성이 세운 계획은 좋았고, 준비도 완벽했다.

하지만 딱 한 가지 문제가 있었다.

백문성이 예고 없이 나타났다는 것이었다.

그리고 백문성이 그 사실을 미리 눈치채고 있었다는 점이었다.

그그긍. 그긍.

기관이 발동하기 시작한 순간, 백문성은 빗발치는 암기들을 막으려 애쓰는 대신에 이규성을 주목했다.

딸깍!

이규성이 지하공간으로 몸을 숨기기 위해서 탁자 아래에 마련해 둔 사각형 목재를 힘껏 당겼다.

덜컹!

이규성이 앉아 있던 자리의 아래쪽에 위치한 철제문이 열렸다.

지하공간을 향해 이규성의 신형이 떨어져 내리려는 순간, 백문성은 기회를 놓치지 않고 움직였다.

그리고 이규성의 머리채를 움켜쥐었으리라.

약간의 시간차가 발생하는 것은 불가항력이었을 것이다.

그 짧은 동안에도 암기들이 빗발치듯 쏟아졌겠지만, 백문성이라면 그 암기들을 일일이 대응하는 대신 다른 방법을 썼으리라.

쾌액!

이규성의 머리채를 쥔 손에 힘을 더해 쏟아지는 암기들의 방패로 삼으며, 백문성은 신형을 날렸으리라.

퍼버벅!

이규성에게 암기들이 틀어박히며 고슴도치처럼 변한 순간, 백문성은 원래 이규성이 숨으려 했던 지하공간으로 몸을 날리는 데 성공했으리라.

그리고 기관 발동이 끝날 때까지 지하 공간에서 느긋하게 기다렸으리라.

백문성이 털끝 하나 다치지 않고 멀쩡한 이유는 바로 이것이었다.

"드디어 내 손에 들어왔군!"

자신의 손에 들려 있는 상자를 내려다보는 백문성의 두 눈에 탐욕이 떠올랐다.

그리고 더 참지 못하고 바로 상자를 열었다.

스륵.

낡은 양피지.

백문성이 원래는 하나의 양피지였지만, 사 등분이 된 낡은 양피지 조각들을 하나씩 들어 올리며 유심히 바라보았다.

그 순간, 선대수도 두 눈을 빛냈다.

'암기라면 자신 있지!'

기회는 딱 한 번.

바로 지금뿐이었다.

그래서 선대수가 백문성의 손에 들려 있는 양피지에 그려진 점과 선들을 머릿속에 각인시키고 있을 때였다.

낡은 양피지들을 노려보던 백문성의 표정이 무섭게 굳어졌다.

"왜 세 장뿐이지?"

상자 속에는 낡은 양피지가 세 조각뿐이었다.

네 조각이 아니라 세 조각밖에 없음을 깨달은 백문성이 무서운 광망을 뿜어내며 주변을 둘러보았다.

무인들 사이를 헤매고 있던 백문성이 시선이 자신에게서 멈춘 순간, 선대수가 하얀 이를 드러내며 웃었다.

그리고 재빨리 신법을 펼치며 뒤로 물러났다.

"저놈은 누구냐!"

스릉. 스르릉.

백문성이 소리친 순간, 무인들이 일제히 검을 빼 들었다.

"모르겠습니다."

"누구냐?"

비로소 선대수의 존재를 알아챈 무인들이 검을 겨누었지만, 선대수는 움츠러들지 않고 어깨를 쫙 폈다.

그리고 백문성을 바라보며 입을 뗐다.

"내 정체가 알고 싶소?"

"그래, 누구지?"

"맹호표국의 쟁자수요."

"표국의 쟁자수라고?"

"정말 내가 누군지 모르겠소?"

"일개 표국의 쟁자수 따위를 내가 어찌 안단 말이냐?"

"내 이름은…… 선대수요."

"선대수?"

"그래도 모르겠소?"

기가 막혔다.

선대수가 제 목숨처럼 아끼고 사랑했던 여인을 죽인 것으로 모자라, 억울한 누명을 씌워서 색마라는 별호를 이름 앞에 붙여 주고 무림공적으로 지목했던 장본인이 바로 백문성이었다.

그런데 어찌 자신을 기억조차 못 한단 말인가?

"색마 선대수가 바로 나요."

"……."

"그리고 마지막 한 조각의 장보도를 내가 가지고 있소."

"그렇군. 이제야…… 기억나는군!"

비로소 자신을 기억해 내고 비릿한 웃음을 짓는 백문성을 선대수가 노려볼 때였다.

"여기까지 찾아온 걸 보니 배짱이 두둑하군."

"사내라면 꼭 해야 할 일은 제 손으로 마무리해야 하지 않겠소?"

"객기를 부려 봐야 좋을 게 뭐가 있을까? 그래, 어디 한번 들어나 보지. 꽁꽁 숨어서 지내도 모자랄 무림공적이 고개를 빳빳하게 든 채로 여기까지 찾아온 이유가 뭔가? 죽여 달라고 찾아온 건가?"

"당신을 만나기 위해 찾아왔소."

"날 만나러 찾아왔다고?"

의아한 시선을 던지고 있는 백문성에게 선대수가 한마디를 덧붙였다.

"당신에게 엿 먹이기 위해서 찾아왔소."

부스럭.

선대수가 품속에서 낡은 양피지를 꺼냈다.

물론 그냥 꺼낸 것은 아니었다.

백문성을 비롯한 무인들에게 보이지 않도록 반으로 접었다.

살랑살랑.

선대수의 손에 잡힌 낡은 양피지가 바람에 흔들렸다.

그 낡은 양피지에서 시선을 떼지 못한 채 백문성이 입을 뗐다.

"인정해야겠군."

"뭘 인정한다는 것이오? 당신이 나쁜 놈이라는 것?"

"실수를 두 가지나 저질렀어!"

"무슨 실수를 저질렀소?"

"첫 번째 실수는 자네를 너무 만만히 본 거야. 좀 더 신경을 써서 더 일찍 숨통을 끊어 놓았어야 했는데."

"다른 한 가지 실수는 무엇이오?"

"오랫동안 준비한 계획이 성사 직전에 있다는 생각에 마음이 조급해졌어. 그래서 너무 일찍 온 것이 두 번째 실수야."

"그게 다요?"

"그래."

"이제 어쩔 셈이오?"

"어쩌긴 뭘 어쩌겠나? 실수를 했으면 바로잡으면 되는 거지."

"예상대로군."

"……?"

"반성이라는 건 모르는구려."

선대수가 눈도 깜박이지 않은 채 백문성을 뚫어져라 노려보았다.

백문성이 꺼낸 대답은 선대수의 예상과 틀렸다.

선대수가 생각하는 백문성의 실수는 그녀를 죽인 것이었다.

술김에 그녀에게 자신의 치부나 다름없는 비밀을 털어놓은 것은 어디까지나 백문성 본인의 실수였다.

그러나 자신의 치부를 감추기 위해서 백문성은 그녀를 배신한 걸로 모자라 죽이는 더 큰 실수를 저질렀다.

현무옥은 입이 무거운 여자였다.

만약 그때 그냥 술김에 한 농담이니 잊어 달라고 부탁했다면.

만약 백문성이 그녀를 배신하지만 않았다면, 그녀는 그 비밀을 평생 가슴속에 묻고 살았을 텐데.

자신이 무슨 실수를 저질렀는지 여전히 알지 못 하는 백문성을 답답한 표정을 지은 채 바라보고 있을 때, 백문성이 다시 입을 뗐다.

"뭘 착각하고 있군. 반성이라는 건 약해 빠진 놈들이 하는 걸세. 강한 자는 반성하는 대신 실수를 바로잡으려고 하지."

"……."

"그 장보도를 어서 내게 넘기게."

"내가 이 장보도를 당신에게 순순히 넘길 거라 생각하오?"

"만약 장보도만 순순히 넘기지 않으면 여기서 죽게 될 거야."

백문성이 나직한 목소리로 협박했다.

하지만 선대수는 조금도 두렵지 않았다.

만약 죽음이 두려웠다면 이곳까지 찾아오지도 않았다.

아무도 찾지 못 하는 곳에 꽁꽁 숨어 지내지 않고 스스로의 의지로 여기까지 찾아온 것은 복수에 대한 일념 때문이었다.

그리고 복수를 결심한 순간, 이미 죽음은 각오했다.

"장보도를 순순히 넘긴다면 자네의 목숨을 살려 주지. 그리고 자네의 누명을 벗겨 줄 것도 약속하네."

협박에 이은 회유.

하지만 선대수는 이번에도 눈도 꿈쩍하지 않았다.

백문성은 약속 따위는 헌신짝처럼 버리는 인간이었다.

장보도만 넘겨받고, 약속을 지킬 리 없었다.

아마 자신의 치부를 감추기 위해서 망설임 없이 죽이리라.

"싫소."

그래서 선대수가 딱 잘라 거절하자, 백문성의 두 눈에 살기가 떠올랐다.

"그럼 대체 원하는 게 뭔가?"

"알고 싶소."

"알고 싶다? 뭐가 알고 싶은가?"

"당신이 세운 무시무시한 계획에 대해서 전부 다 알고 싶소."

"그걸 안다고 해서 달라질 것이 있나?"

"어차피 날 죽일 거라는 것은 알고 있소."

"……?"

"궁금한 건 다 알고 가야 저승에서라도 덜 억울할 것 같소."

선대수의 이야기를 들은 백문성의 입가로 희미한 웃음이 번졌다.

긴 시간 동안 준비해 온 계획이 마침내 성사 직전에 이르렀기 때문일까?

백문성은 기분이 무척 좋은 듯 보였다.

그래서 선심이라도 쓰듯 말했다.

"그리 궁금해하니 알려 주지. 얼마나 알고 있지?"

"당신이 세운 계획이 무림맹 영재발굴대회에서부터 시작됐다는 것, 그리고 당신이 천비동을 원한다는 것!"

선대수가 그녀에게서 들어서 알고 있는 것들을 털어놓았다.

그 이야기를 들은 백문성의 표정이 살짝 굳어졌다.

"죽이길 잘했어."

"……?"

"자네에게 다 털어놓은 것만 봐도 입이 무척 싸지 않은가?"

이번에는 선대수의 표정이 굳어졌다.

지금 백문성의 말에는 분명히 어폐가 있었다.

굳이 바로잡는다면 순서가 잘못됐다.

백문성이 먼저 그녀를 배신하고 버렸기 때문에, 그녀가 그 진실을 자신에게 털어놓은 것이었다.

하지만 선대수는 입을 다물었다.

지금 무슨 말을 한다 해도 백문성이 귀담아 들으며 잘못을 인정하지 않을 것임을 알기 때문이었다.

"영재들은…… 죽었소?"

"죽이지 않았네. 장차 강호 무림을 위해서 큰일을 해야 할 인재들을 함부로 죽이면 큰 손실이니까."

"그럼 그들은 어디 있소?"

"안전한 곳에서 고수로 만들고 있네."

'만들고 있다?'

선대수가 눈썹을 꿈틀했다.

고수로 키우고 있는 것이 아니라 만들고 있다는 백문성의 말이 거슬렸기 때문이었다.

"정말 그들은 살아 있소?"

"의심이 많은 편이군. 살아 있네."

"……."

"반은 죽은 거나 마찬가지지만."

"그게 무슨 말이오?"

"혹시 환혼대법에 대해 들어 본 적이 있나?"

'환혼대법?'

처음 들어 보는 대법이었다.

그래서 선대수가 의아한 표정을 짓고 있자, 마치 그럴 줄 알았다는 듯이 백문성이 설명을 시작했다.

"기왕 알려 주기로 했느니 환혼대법에 대해서도 설명해 주지. 환혼대법을 모른다면 제대로 이해하기 힘들 테니까. 간단하게 설명하면 환혼대법은 오직 내 명령만 듣도록 피시전자들에게 암시를 거는 걸세."

선대수가 자신도 모르는 사이 주먹을 움켜쥐었을 때, 백문성이 덧붙였다.

"고수가 될 수 있는 기회를 준 거지. 아낌없이 영약을 먹여 주고 최고의 무공도 가르쳤어. 그놈들이 대체 어디서 이런 기연을 대체 얻을 수 있겠나? 그런 기연을 얻었으니 날 위해 충성하는 건 당연한 일이 아닌가?"

백문성은 마치 당연하다는 듯이 말했다.

그렇지만 궤변에 불과했다.

한마디로 환혼대법은 사술이었다.

피시전자의 의지를 조종해서 오직 시전자인 백문성의 명령만 듣도록 만드는 것!

단순한 암시로 가능한 것이 아니었다.

피시전자의 뇌에 영향을 끼쳤을 것이고, 얼마나 많은 부작용이 발생할지는 어느 누구도 알지 못했다.

"미쳤군."

"뭐라고?"

"정말 그렇게 생각하는 거요?"

"당연하지."

"그들이 그걸 원했소?"

"원했지."

"말도 안 되는 소리!"

"그래. 자네 말대로 그 아이들은 원하지 않았을지도 몰라. 뭐가 좋은지 나쁜 건지도 모르는 어린애들이었으니까 알 리가 없지. 하지만 그 아이들의 부모들이 원했지. 그 아이들이 무림맹 영재 발굴 대회에 참가한 이유가 대체 뭐라고 생각하나? 더 나은 환경에서 더 대단한 고수가 되길 바라는 부모들의 바람 때문이 아니겠나? 난 그런 부모들의 기대를 충족시켜 준 걸세."

부르르.

꽉 움켜쥔 선대수의 주먹이 분노로 인해 가늘게 떨렸다.

애써 화를 억누르며 선대수가 물었다.

"그럼 천비동은 왜 필요한 것이오?"

"천비동에 무엇이 있는지 알고 있나?"

"보검이라는 소문도 있고, 황금이라는 소문도 있소. 그리고 전대 고수들의 무공비급이라는 소문도 있는 걸로 알고 있소."

"다 틀렸네."

"……?"

"천비동에 있는 것은 엄청난 양의 영약이네."

"영약?"

"그래, 난 그 영약이 필요했지. 환혼대법을 통해 내 충실한 수족이 된 그 아이들을 더 강하게 만들기 위해서는 영약이 필요하거든."

선대수가 마른침을 꿀꺽 삼켰다.

비로소 모두 알게 된 진실은 몸서리가 쳐질 정도로 무서웠다.

'섬뜩하군!'

전 중원을 통틀어서 가장 잠재력이 뛰어난 영재들을 한 곳에 모아 놓고 최고의 무공을 가르치며, 영약을 먹여서 내공을 늘렸다.

그렇게 십 년이 넘는 시간이 흘렀다.

그 영재들이 지금쯤 얼마나 대단한 고수로 변신했을까?

감히 짐작조차 가지 않았다.

게다가 그들은 이 세상에 오직 한 사람.

백문성의 명령만을 따랐다.

좌르륵!

등줄기를 타고 소름이 돋았다.

분노를 두려움이 잠식할 정도였다.

강호에서 산전수전을 다 겪은 선대수가 이러할지언데, 그날 무서운 계획에 대해서 들었던 그녀는 대체 얼마나 무서웠을까?

"그녀의 말이 맞았소."

"뭐라고 하던가?"

"당신은 정말 무서운 사람이라고 했소."

그 평가가 마음에 들었을까?

백문성의 입가에 머물러 있던 미소가 짙어진 순간, 선대수가 다시 질문했다.

"그녀를 사랑하긴 했소?"

"사랑?"

백문성이 코웃음을 쳤다.

백문성의 얼굴에 떠올라 있는 어이없다는 표정만으로도 대답은 충분했다.

그는 그녀를 사랑하지 않았다.

단 한 번도 사랑한 적이 없었다.

"혹시 날 사랑했다고 하던가?"

"그렇게 말했소."

"입만 싼 줄 알았더니 멍청하기까지 한 년이군."

"……."

"심심풀이로 몇 번 만난 게 다야. 자네는 모르겠지만 무림맹주라는 직책은 무척 외로운 자리거든."

선대수가 하늘을 올려다보았다.

그녀도 이 대답을 들었을까?

그리고 이 대답을 들었다면 지금 어떤 표정을 짓고 있을까?

분명히 슬픈 표정을 짓고 있을 것이었다.

아마 눈물도 흘리기 시작했으리라.

쏴아악!

습기를 머금고 있던 구름이 비를 뿌리기 시작했다.

선대수는 그녀가 문득 짓던 슬픈 표정을 바라보는 것이 싫었다.

그래서 차마 더 하늘을 올려다보지 못 하고 두 눈을 질끈 감아 버렸을 때, 백문성이 다시 입을 뗐다.

"더 알고 싶은 게 있나?"

"이제 없소."

"그럼 이제 장보도를 내놓게."

"그전에 아직 할 일이 남았소."

"뭔가?"

"그녀의 복수!"

"복수? 날 죽이겠다고?"

"그렇소."

"벌레나 다름없는 놈이 날 죽인다고?"

백문성이 코웃음을 쳤다.

비웃음을 흘리는 백문성으로 인해서 기분이 상했지만 그의 말이 옳았다.

백문성의 기도는 태산과 같았다.

지금 선대수가 가진 무공으로는 백문성을 죽이기는커녕, 그의 옷자락도 건드리지 못 할 것이었다.

"당신 말대로 그건 불가능하오. 하지만 내게는 다른 무기가 있소."

"무기?"

"바로 이 장보도요."

살랑살랑.

선대수가 손끝으로 움켜쥐고 있던 반으로 접힌 양피지를 흔들었다.

"당신에게 엿을 먹일 생각이오."

"어떻게 엿을 먹인다는 거지?"

"이 장보도를 찢어서 없애 버릴 생각이오."

백문성은 천비동이 꼭 필요했다.

그리고 천비동을 찾기 위해서는 지금 선대수가 손에 쥐고 있는 이 장보도가 꼭 있어야 했다.

예상대로 백문성의 표정이 무겁게 굳어졌다.

"만약 그리한다면 난 자네를 죽일 거야. 그것도 곱게 죽이지 않을 거야. 살점을 한 점 한 점 발라서 최대한 고통스럽게 죽일 거야."

"그게 두려웠다면 여길 찾아오지도 않았소."

"후우. 대체 원하는 게 뭔가?"

"사과하시오."

"사과? 자네에게 누명을 씌운 걸 사과하란 건가?"

"당신이 사과를 한 대상은 내가 아니오. 그녀에게 사과하시오."

"그녀?"

"당신을 믿었던 여자, 그리고 당신을 사랑했던 여자, 그렇지만 배신을 당하고 당신의 손에 억울하게 죽은 여자에게 진심으로 사과하시오."

"만약 사과를 한다면 그 장보도를 넘겨 주겠나?"

"진심으로 사과한다면 그리하겠소."

"그럼 그리해야겠군."

거짓 사과라도 좋았다.

적어도 그녀에게 사과의 말이 전해지기를 원했으니까.

그러나 아직 안심하기는 일렀다.

백문성이 픽 웃으며 덧붙였다.

"내가 이럴 줄 알았나?"

선대수가 두 눈을 부릅떴다.

백문성에게서 감당하기 힘들 정도로 살기가 뿜어져 나왔다.

숨이 막혀 왔다.

그 순간, 백문성이 신법을 펼쳤다.

슈악!

엄청난 속도!

삼장의 거리가 순식간에 좁혀졌다.

마치 순간 이동을 한 것처럼 느껴질 정도로 백문성의 움직임은 빨랐다.

뒤로 물러나며 피할 겨를도 없었다.

선대수는 뒤로 물러나며 공격을 피하는 대신, 극양의 내력을 끌어 올려 손에 쥐고 있던 양피지를 불태웠다.

화륵!

낡은 양피지가 순식간에 불길에 휩싸이기 시작한 순간, 선대수가 품속에 넣어 두었던 섭선으로 손을 뻗었다.

백문성의 동선이 예측됐다.

지금 그가 원하는 것은 자신의 목숨이 아니었다.

불길에 휩싸인 낡은 양피지였다.

그래서 백문성이 낡은 양피지를 향해 손을 뻗을 거라고 당연히 판단했는데, 그 예상은 빗나갔다.

퍼엉!

백문성의 장력이 선대수의 가슴에 적중했다.

그와 동시에 선대수가 손에서 놓친 불길에 휩싸인 낡은 양피지 조작은 한줌의 재로 변해 버렸다.

'끝이군!'

선대수는 죽음을 직감했다.

그리고 마지막임을 직감한 순간, 그녀의 얼굴이 떠올랐다.

'이제 그녀는 조금이나마 만족했을까?'

지금으로서는 알 수 없었다.

여자의 마음은 흔들리는 갈대와 마찬가지였으니까.

하늘에서 다시 만나 직접 대답을 들어야겠다고 생각하던 선대수의 두 눈이 이내 의문으로 물들었다.

'왜 계속 생각이 이어지는 거지?'

장력을 얻어맞은 가슴에서 시작된 극통이 뼛속까지 전해졌다.

그리고 생각이 이어지고, 鰽증이 느껴진다는 것은 아직 자신이 죽지 않았다는 증거였다.

'대체 왜?'

선대수가 두 눈을 부릅떴다.

그런 두 눈에 백문성이 다가오는 것이 보였다.

잔뜩 일그러졌어야 하는데.

장보도가 한 줌 재로 변했으니 당연히 분노하고 있어야

하는데.

백문성은 전혀 분노한 기색이 아니었다.

오히려 그의 얼굴에는 희미한 미소까지 떠올라 있었다.

'왜?'

그래서 다시 의문이 깃들었을 때, 백문성이 입을 뗐다.

"양피지 조각이 사라져서 괴로워 울면서 몸부림칠 줄 알았나?"

"……."

"아쉽겠지만 그럴 일은 없네. 장보도가 없어도 천비동의 위치를 알아낼 수 있는 방법이 있거든."

8장
아직 안 갔나?

선대수가 위험했다.

그래서 진풍이 더 기다리지 못 하고 신형을 날리려고 했지만, 곡양의 손이 어깨를 붙잡고 놓아 주지 않았다.

"이거 놔요."

"안 죽여!"

"네?"

"저놈, 안 죽인다고."

"그걸 어떻게 확신해요?"

"아직 원하는 것을 얻지 못 했으니까."

곡양은 확신에 찬 목소리로 말했다.

그리고 곡양의 예상은 정확히 들어맞았다.

꿈틀!

당연히 죽은 줄 알았는데.

백문성의 장력을 가슴에 정통으로 얻어맞았음에도 불구하고, 선대수는 죽지 않았다.

그런 선대수의 앞으로 비릿한 미소를 지은 채 다가가는 백문성을 확인한 진풍이 서둘러 물었다.

"뭘 하려는 거죠?"

"장보도에 대해서 알아내려고 하겠지."

"선 형이 순순히 털어놓을 리 없는데."

"말을 하지 않아도 상관없다."

"……?"

"말을 하지 않아도 알아낼 수 있는 방법이 있으니까."

무슨 뜻일까?

진풍이 이해할 수 없다는 표정을 지었지만, 곡양은 알려주지 않았다.

대신 백문성을 뚫어져라 바라보다가 입을 뗐다.

"저 새끼, 진짜 나쁜 놈이로군!"

"마교 장로가 할 말은 아닌 것 같은데요."

"흥, 그냥 하는 말이 아냐. 우리 마교 애들은 저 새끼에 비하면 선량한 편이라고 느껴질 정도니까."

"왜요?"

"사술까지 쓰려고 하잖아."

"무슨 사술요?"

"환혼대법으로 모자라 흑안파심공까지!"

"흑안파심공? 그게 뭔데요?"

흑안파심공!

처음 들어 보는 무공명이었다.

그래서 진풍이 다시 묻자, 곡양이 대답을 꺼냈다.

"흑안파심공은 사술이야. 시술자가 흑안으로 피시술자의 머릿속에 들어 있는 정보를 빼내는 사술이지."

흑안파심공에 대한 간략한 설명을 듣고서야, 백문성이 그토록 원하던 장보도가 한 줌 재로 변했음에도 불구하고 당황하지 않는 이유를 알 수 있었다.

그리고 선대수를 일장에 쳐 죽이지 않고 살려 둔 이유도 흑안파심공 때문이었다.

"흑안파심공이 끝나면 선 형은 어떻게 되는데요?"

"죽어!"

"죽어요?"

"뇌의 심맥이 모조리 망가지는데 안 죽고 배길까?"

"그럼 막아야겠네요."

"무슨 수로?"

"그야……."

"네놈이 백문성을 상대할 수 있나?"

"못 하죠."

"그런데?"

"내가 아니라 노인장이 해야죠."

"내가? 내가 왜?"

곡양이 펄쩍 뛸 듯한 기세로 소리쳤다.

그런 그를 향해 진풍이 차분하게 말했다.

"만약에 백문성이 천비동을 얻는다면 가장 먼저 뭘 할 것 같아요?"

"내가 그걸 어떻게 알아? 저 나쁜 새끼 머릿속에 들어가 본 적도 없는데."

"굳이 머릿속에 안 들어가 봐도 충분히 짐작할 수 있잖아요. 강호의 나머지 반을 차지하기 위해서 마교부터 칠 걸요."

"흥! 우리 마교가 그리 만만한 곳이……."

"백문성도 만만한 자가 아니죠."

"……."

"그런 백문성이 무려 십 년이 넘는 시간 동안 치밀하게 준비한 계획이라면 별 거 아닌 게 아닐 걸요? 아주 무시무시한 계획일 거예요. 마교의 사람들이 죽을 거예요. 그것도 아주 많이. 그전에 백문성이 세운 계획을 막는 게 좋지 않을까요?"

곡양이 표정을 일그러트렸다.

계산하듯 고민에 잠겼던 곡양이 한숨을 내쉬었다.

“막을 수 있으면 막아야지.”

“잘 생각했어요.”

“너!”

“왜요?”

“둔해 빠지게 생긴 것과 달리 아주 간악한 놈이구나.”

“칭찬으로 듣죠.”

진풍이 대수롭지 않게 받아넘기며 다시 시선을 돌렸다.

백문성이 바닥에 쓰러진 선대수를 들어서 일으켜 앉히는 모습이 보였다.

그리고 선대수의 앞에 가부좌를 틀고 앉은 백문성이 흑안파심공을 시전하기 시작했다.

쏴아아!

장대비가 쏟아지는 사이, 백문성의 눈의 흰자위가 서서히 줄어드는 것이 보였다.

그리고 흰자위가 완전히 사라지고, 두 눈이 칠흑처럼 검게 변하려는 순간에 진풍이 재촉했다.

“안 나서고 뭐해요?”

“그렇지 않아도 나서려고 했다. 하지만 명심해라.”

“……?”

“다 네놈 뜻대로 흘러가지는 않을 게다!”

곡양이 살기를 뿜어내기 시작했다.

진풍이 그 말을 듣고 문득 불안감을 느낀 순간, 곡양이 마침내 결심을 굳힌 듯 신법을 펼쳐 백문성을 향해 움직였다.

부우웅!

곡양이 장력을 날렸다.

그런데 그 장력이 향하는 방향이 진풍의 예상과 달랐다.

곡양이 일으킨 장력이 향한 곳은 백문성이 아니었다.

바닥에 쓰러져 있는 선대수를 향해 장력을 퍼부었다.

퍼엉!

곡양의 장력이 선대수에게 격중된 순간, 진풍이 벌떡 일어났다.

"안 돼!"

진풍이 비명 같은 소리를 지르며 신형을 날렸다.

'내 실수야!'

진풍이 후회했다.

염마 곡양은 마교의 장로였다.

그런 그를 너무 쉽게 생각했다.

마교 놈들은 절대로 믿으면 안 된다는 서괴 사부의 말을 새겨들었어야 했는데.

후회란 아무리 빨라도 늦었다.

곡양은 백문성이 천비동을 얻는 것을 원치 않았다.

그리고 그것을 막기 위해 선택한 방법은 백문성을 상대

하는 것이 아니었다.

백문성이 시전하려는 흑안파심공은 피시전자가 살아 있어야만 시전이 가능했다.

그 사실을 잘 알고 있는 곡양은 백문성을 상대하는 어려운 길을 택하는 대신, 쉬운 길을 선택했다.

바로 선대수를 죽이는 것이었다.

다행인 점은 백문성도 선대수가 필요하다는 것이었다.

곡양의 의도를 눈치챈 백문성이 번개같이 신형을 돌리며 장력을 날렸다.

콰앙!

백문성이 날린 장력으로 인해서 곡양이 퍼부은 장력의 방향이 바뀌었다.

하지만 조금 늦었다.

퍼엉!

"크흑!"

미처 다 해소하지 못 한 곡양의 장력에 얻어맞은 선대수가 고통스런 신음성을 흘리며 바닥을 나뒹굴었다.

쿵쿵쿵.

펑. 퍼엉!

백문성과 곡양의 대결이 본격적으로 펼쳐졌다.

그사이, 진풍이 선대수를 향해 뛰어갔다.

"선 형, 괜찮아요?"

"쿨럭, 쿨럭. 아우님 눈에는…… 내가 괜찮아 보이나?"

"별로 안 괜찮아 보이네요."

"제대로…… 봤군."

선대수의 상태는 위중했다.

단번에 그 사실을 알아챈 진풍이 힘겨운 기색을 감추지 못 하고 있는 선대수를 향해 핀잔을 건넸다.

"왜 그랬어요?"

"뭘 말인가?"

"이렇게 될 줄 알고 있었잖아요."

"알고 있었지."

"그런데 왜 찾아왔냐고요?"

"아우님!"

"말해 봐요."

"살다 보면 피하지 못 할 싸움이 있는 법일세. 설령 죽는 한이 있더라도 그 싸움을 피해선 안 될 때가 있지. 그리고……."

"……."

"엿은 먹이지 않았나?"

힘겹게 웃고 있는 선대수를 확인한 진풍이 참지 못 하고 한숨을 내쉬었다.

"아직 안심하긴 일러요. 백문성은 선 형의 짐작보다 훨씬 더 무서운 자예요."

"걱정하지 말게. 생각해 둔 것이 있으니까."

"뭔데요?"

"나중에 알려 주지. 지금은 그보다 훨씬 급한 일이 있네."

"일단 치료부터……."

진풍이 서둘러 말했지만, 선대수는 고개를 흔들었다.

"치료보다 더 급한 일이 있네."

단호한 눈빛.

선대수는 자신의 뜻을 굽히지 않겠다고 눈빛으로 말하고 있었다.

선대수의 마음을 바꿀 수 없다는 사실을 깨달은 진풍이 입을 다물었을 때였다.

"날 좀 일으켜 주게."

"뭐 하려고요?"

"시간이 없다니까."

"알았어요."

진풍이 몸을 일으켜 주자, 선대수가 땅바닥으로 손가락을 뻗었다.

"아우님은 똑똑한 편인가?"

"이래 봬도 무림맹 영재발굴대회 청해성 예선 우승자 출신이라니까요."

"다행이로군."

"도대체 뭐가 다행인데요?"

"지금부터 내가 그리는 것을 빼먹지 말고 기억해야 하네."

진풍이 말릴 새도 없이 선대수가 손가락으로 땅바닥에 그림을 그리기 시작했다.

점과 선의 조합들.

아무것도 없던 땅바닥이 순식간에 정체를 알 수 없는 그림으로 채워졌다.

누군가에게 쫓기는 사람처럼 서둘러서 바닥에 그림을 완성한 선대수가 물었다.

"아우님, 다 기억했나?"

"대충요."

"대충으로는 부족하네."

"……."

"선 하나, 점 하나까지 완벽하게 기억해야 해."

"이게 대체 뭔데요?"

"그건 나중에 알려 주지. 일단 기억부터 하게."

선대수의 목소리는 비장했다.

아니, 비장함을 넘어 엄숙하게까지 느껴졌다.

그래서 진풍이 두 눈을 빛내며 선대수가 바닥에 그려 놓은 그림들을 머릿속에 각인시킬 기세로 노려보았다.

"다 외웠어요."

"정말인가?"

"확실히 외웠어요."

"잘했네."

슥삭슥삭.

진풍의 대답을 듣고서 만족스런 표정을 짓고 있던 선대수가 손바닥으로 애써 그려 놓은 그림을 지워 버렸다.

"자, 이제 말해 봐요. 이게 뭐예요?"

"이번 표행의 표물일세."

"표물요?"

"그래, 표물. 우리 맹호표국에 맡겨진 표물은 네 조각으로 잘려진 장보도 중의 한 조각이었네. 아까 내가 그린 그림의 좌측 하단 부분이었지."

"천비동!"

"그래, 천비동의 위치가 그려진 장보도였지."

진풍이 의아한 시선을 던졌다.

맹호표국의 표행에 맡겨진 표물은 네 조각으로 나뉘어진 장보도 중 좌측 하단 부분이라고 했다.

그런데 선대수는 나머지 부분에 대해 대체 어떻게 알고 있는 걸까?

"내가 눈이 좋은 편이거든."

진풍의 의아한 시선을 확인한 선대수가 알 듯 말 듯한 대답을 꺼냈다.

"어쨌든 이제 천비동의 위치를 알고 있는 것은 전 중원을 통틀어 아우님뿐이네."

선대수가 확신에 찬 목소리로 말했다.

그렇지만 진풍은 그 말이 틀렸다는 것을 알고 있었다.

"한 명 더 있어요."

"누군가?"

"선 형도 알잖아요."

"그래, 아우님 말이 맞네."

"……?"

"그렇지만 아까 내가 생각해 둔 것이 있다고 하지 않았나?"

"무슨 소리예요?"

"조금 전까지는 분명히 내 말이 틀렸지. 그렇지만 이제 곧 내가 했던 말이 틀리지 않았다는 걸 알게 될 걸세."

무슨 뜻일까?

힘겹게 웃고 있는 선대수의 얼굴을 바라보다 보니, 불쑥 불안감이 깃들었다.

"설마……."

"그 설마가 맞네."

"안 돼!"

뒤늦게 선대수가 세운 계획이 무엇인지 알아챈 진풍이 소리쳤다.

그리고 선대수의 마혈을 짚으려고 했지만, 조금 늦었다.

주르륵!

선대수의 입매를 타고 검게 죽은 선혈이 흘러내리기 시작했다.

“이게 무슨 말도 안 되는…….”

“이제…… 내 말이 맞지?”

“……?”

“이 강호에 천비동의 위치를 아는 것은…… 아우님뿐이네.”

“선 형!”

“진심으로…… 고마웠네.”

“뭐가요?”

“세상 사람들이 다…… 무림공적이라고 욕하던 날…… 믿어 준 것. 절대로…… 절대로 잊지 않을 걸세.”

스스로 심맥을 끊어 버린 선대수는 이제 대라신선을 불러온다고 하더라도 다시 살릴 수 없었다.

그 사실을 알고 있는 진풍이 마지막 생의 불꽃을 태우며 힘겹게 이어 나가는 선대수의 이야기에 귀를 기울였다.

“뭐…… 하고 있나?”

“…….”

“아직 안 갔나?”

“어딜 가라는 건데요?”

"천비…… 동!"

"천비동?"

"천비동 안에는 영약이…… 가득 쌓여…… 있다고 하더군. 천비동에 찾아가서 아우님이…… 다 먹어 치워 버……."

선대수의 이야기가 도중에 끊겼다.

힘겹게 타오르던 생의 불꽃이 꺼지며 숨이 끊겼기 때문이었다.

툭.

진풍이 고개를 힘없이 아래로 떨군 선대수를 망연자실한 표정으로 바라보았다.

선대수의 입가에는 미소가 떠나지 않고 머물러 있었다.

"선 형!"

나직한 목소리로 선대수를 불러 본 진풍이 천천히 몸을 일으켰다

그리고 곡양과 치열한 대결을 펼치고 있는 백문성을 노려보았다.

"진짜 나쁜 놈이네."

세상 사람들이 욕하던 색마 선대수는 좋은 사람이었다.

반면 세상 사람들이 칭송하던 무림맹주 백문성은 나쁜 놈이었다.

하지만 진실은 쉽게 묻히는 법이었다.

이 진실에 대해서 아는 사람은 몇 되지 않았다.

만약 진풍이 이대로 죽거나 입을 다문다면, 선대수는 무림공적이라는 오명을 뒤집어쓴 채 세상 사람들의 기억에 영원히 남을 터였다.

"그렇게는 안 되지."

진풍이 싸늘하게 식어 가는 선대수에게 약속했다.

절대 그렇게 만들지 않겠다고.

당신이 쓴 누명을 벗겨 주겠다고.

그래서 세상에 진실을 알리겠다고.

"왜 이렇게 늦었느냐? 당장 못 와!"

그때였다.

마치 악을 쓰는 듯한 곡양의 다급한 외침이 들려왔다.

그제야 진풍이 장내의 상황을 살폈다.

마교의 장로인 곡양이 아무리 초절정 고수라고 해도, 무림맹주 백문성과 비교하면 한 수 뒤졌다.

게다가 백문성이 이끌고 온 수하들도 호시탐탐 기회를 노리고 있었기에, 곡양은 일방적으로 밀리고 있었다.

그렇지만 상황은 곧 바뀌었다.

곡양과 함께 움직이던 마혈단이 복면인들을 처리하고 뒤늦게 자청문에 도착했기 때문이었다.

난전!

곳곳에서 치열한 전투가 벌어지기 시작했다.

그리고 지금 벌어지는 난전이 진풍에게는 다행이었다.

자신에게까지 신경을 쓰는 자가 아무도 없다는 것을 확인한, 진풍이 슬그머니 자청문을 빠져나왔다.

쿵쿵쿵.

자청문을 벗어난 진풍이 다시 달리기 시작했다.

지금이야 치열한 난전으로 인해서 모두 정신이 없었지만, 머지않아 난전은 끝이 날 것이었다.

그리고 그때는 선대수의 죽음을 알아챌 것이었다.

그 후의 수순은 빤했다.

천비동의 위치를 알아내기 위해서, 선대수의 마지막 순간을 곁에서 지킨 자신을 찾아내기 위해 혈안이 돼서 쫓아올 터였다.

"그전에 도착해야 해!"

선대수는 스스로 목숨을 끊으면서까지 천비동의 위치를 감추려 했다.

그 희생을 헛되이 할 수 없었다.

그리고 진풍은 선대수가 원하는 것이 무엇인지도 어렴풋이 짐작했다.

복수!

"선 형의 부탁대로 시원하게 엿 먹여 줄게요."

다행히 천비동이 그리 멀리 떨어진 곳에 위치한 것이 아니라는 점이었다.

안악산!

진풍이 안악산을 향해 부지런히 달리기 시작했다.

"이런 개 같은!"

백문성이 참지 못 하고 욕설을 내뱉었다.

길고 긴 기다림이었다.

마침내 그 기다림의 시간이 끝나고 강호를 자신의 손아귀에 넣을 순간이 가까워졌는데, 일이 점점 꼬이고 있었다.

"호오, 그래도 명색이 무림맹주씩이나 되는 인간이 이렇게 막말을 해도 되나? 시정잡배도 아니고."

곡양의 비꼬는 어투로 인해 백문성이 신경이 더욱 곤두섰다.

"뒈지고 싶지 않으면 그 입 다무는 게 좋을 거야."

"이제 아주 막가는구만."

"경고했다?"

"아이쿠, 무서워라. 무림맹주님 앞에서 겁대가리 없이 설쳐 대서 죄송합니다. 죽여 주시옵소서."

"……."

"이럴 줄 알았어?"

곡양이 히죽 웃으며 덧붙였다.

"이런 썅! 누군 욕을 못 해서 가만있는 줄 아나? 내가 이래 봬도 마교의 장로야, 장로. 욕을 해도 내가 너보다 몇 배는 잘 할걸? 그런데 이걸 어쩌나? 네 말 한마디면 껌벅 죽는 시늉까지 하는 정파 쪽 놈들이 아니라 난 마교의 장로라서 그깟 경고는 하나도 안 무서운데. 왜? 짜증나? 죽일 수 있으면 죽여 보든가."

백문성의 눈에 핏발이 섰다.

저 인간은 대체 왜 여기 나타난 걸까?

전혀 예상치 못 한 순간에 불쑥 등장한 불청객인 곡양으로 인해서 일은 점점 더 꼬여만 갔다.

자칫하면 오랫동안 준비한 계획이 수포로 돌아갈 수도 있다는 위기감이 깃든 순간, 백문성은 초조해졌다.

"이쯤 하지."

"뭐? 방금 뭐라고 했지?"

"이쯤 하자고 했다."

"왜? 좀 전까지만 해도 시정잡배처럼 막 욕하고 지랄이더니, 갑자기 무림맹주답게 아량이라도 베풀고 싶어졌나?"

"……."

"아니면, 딱 봐도 불리하니까 도망치려는 건가?"

곡양의 말은 틀렸다.

현재 상황은 곡양을 비롯한 마교도들에게 불리했다.

특별한 변수 없이 대결의 양상이 계속 이렇게 흘러간다면, 곡양을 비롯한 마교도들은 이곳에서 모두 죽음을 맞게 되리라.

그렇지만 아쉽게도 백문성에게는 시간이 없었다.

“맘대로 생각해.”

“……?”

“어차피 별 의미도 없는 싸움인데 이쯤에서 그만두자고.”

백문성이 부아가 치미는 것을 꾹 참으며 다시 제안했다.

이쯤에서 제안을 받아들여서 싸움을 멈춰 줬으면 좋으련만.

히죽거리며 웃던 곡양은 고개를 절레절레 흔들었다.

“싫은데?”

“왜 싫다는 거지?”

“의미가 있거든.”

“……?”

“내가 원래 남 잘되는 꼴은 못 보는 못돼 처먹은 성격이라서 말이지. 내 것이 안 되면 남의 것도 되지 못 하게 만들어야 직성이 풀리거든.”

백문성이 한숨을 내쉬었다.

어느 정도 예상은 했지만, 마교의 장로인 곡양과는 전혀 말이 통하지 않았다.

“죽고 싶어서 안달이 난 늙은이로군.”

“죽일 수나 있을까? 누가 죽는지는 두고 봐야지.”

“그래. 어디 한 번 두고 보지.”

곡양을 상대하던 백문성이 천천히 시선을 돌렸다.

모든 것이 꼬이게 만든 장본인인 선대수는 이미 싸늘한 시체로 변해 있었다.

'빌어먹을!'

흑안파심공이 있었기에 선대수가 장보도를 불태웠음에도 크게 걱정하지 않았다.

그렇지만 이제는 상황이 달라졌다.

선대수가 죽어 버렸으니 흑안파심공을 시전 한다고 해도 아무것도 알아낼 수 없었다.

차가운 눈으로 선대수를 노려보던 백문성이 계산을 시작했다.

'넷 중 셋을 얻었으니 찾을 수 있지 않을까?'

가능성은 충분했다.

비록 시간이 조금 걸릴지라도 무림맹의 정보력을 총동원해서 장보도에 나온 지형과 비슷한 지형을 찾아 나간다면, 그리 오래 걸리지 않아 천비동의 위치를 찾아낼 수 있다는 확신이 섰다.

"너무 서두를 것 없어!"

백문성이 혼잣말을 꺼냈다.

자꾸만 가슴속에 깃드는 불안감을 밀어내기 위해서 중얼거린 말이었지만, 별 소용이 없었다.

불안감은 여전했다.

그리고 그 불안감을 야기시키고 있는 것은 선대수의 마지막 순간을 곁에서 지켰던 청년 때문이었다.

비정상이라고 느껴질 정도로 압도적으로 뚱뚱한 청년!

저렇게 뚱뚱한 놈이 고수일 리 없었다.

그리고 선대수에게서 천비동의 위치에 대해서 들었을 리도 없었다.

선대수 역시 천비동의 위치를 알지 못 할 테니까.

그런데 왜일까?

이상하리만치 그 뚱뚱한 청년이 마음에 걸렸다.

그래서 그냥 넘길 수 없었다.

"왜 가만히 서 있어? 갑자기 겁이라도 나는가 보지?"

여전히 비아냥거리는 곡양을 상대하는 대신, 백문성이 전음을 날렸다.

—묵영.

—하명하십시오.

—지금 바로 이곳을 빠져나가서 그 뚱뚱한 놈을 죽여라.

—존명!

묵영의 장점은 자신이 어떤 명령을 내리더라도 이유를 묻지 않는다는 점이었다.

그리고 묵영은 백문성이 가장 신뢰하는 수하였다.

묵영이라면 절대 실패하지 않으리라.

아무도 주목하지 않는 가운데 묵영이 장내를 빠져나가는

것을 확인한 백문성이 그제야 마음의 짐을 덜어 냈다.

그리고 조금 편안하게 변한 얼굴로 곡양을 바라보며 말했다.

"내가 마음이 바뀌기 전에 갔어야지."

"……?"

"이젠 너무 늦었어."

9장
아끼다가 똥 된다

쿵쾅쿵쾅!

심장이 뛰었다.

얼마나 심장이 거세게 뛰는지 혹시 이 심장 소리 때문에 은신이 들키지 않을까 걱정이 될 정도였다.

'진짜 맹주님이, 아니, 이 개자식이 한 짓이었어!'

존경심?

개나 줘 버리고 싶었다.

저런 인간을 한때나마 존경했던 스스로가 한심하게 느껴질 지경이었다.

'대의를 위해서라고?'

웃기지도 않는 개소리였다.

백문성은 욕심에 눈이 멀었을 뿐이었다.

그래서 인간으로서 해서는 안 될 일을 했을 뿐이었다.

가족을 잃은 고통은 직접 겪어 보지 못 한 사람은 결코 알지 못 했다.

백문성으로 인해 모용수린은 지옥 같은 시간을 보냈다.

아니, 모용수린만이 아니었다.

아버지도 어머니도, 그리고 당시 납치된 영재들의 또 다른 가족들 역시 지옥의 시간들을 보냈다.

그 지옥 같은 시간을 겪었던 모용수린은 백문성이 늘어놓는 대의라는 명분에 절대로 수긍할 수 없었다.

'오라버니가…… 살아 있다?'

당연히 죽었다고 여겼던 오라버니였다.

그런데 백문성의 말대로라면 오라버니가 아직 살아 있었다.

환혼대법?

그게 뭔지 몰랐다.

그리고 궁금하지도 않았다.

일단 오라버니가 살아 있다는 것이 가장 중요했다.

'보고 싶어!'

오라버니가 보고 싶었다.

당장이라도 오라버니에게 달려가서 안기고 싶었다.

그래서 하마터면 백무성에게 달려갈 뻔했다.

빰이라도 몇 대 후려쳐야 지금 가슴속에서 맹렬히 일어나고 있는 분노가 조금이라도 풀릴 것 같았기 때문이었다.

그리고 백문성에게 따지고 싶었다.

대체 왜 그런 몹쓸 짓을 했냐고.

오라버니를 어디에 숨겨 둔 거냐고.

그렇지만 모용수린은 가까스로 그 마음을 억눌렀다.

"만약 백문성이 이 모든 것을 꾸민 장본인이라면 어떻게 할 것 같아요?"

서진풍이 했던 말이 떠오른 순간, 모용수린이 짤막한 한숨을 토해 냈다.

진실에 감당해야 할 무게가 있다면, 지금 이 진실의 무게는 태산이나 마찬가지였다.

자신이 따지듯이 던진 질문에 백문성이 솔직히 대답해 줄 가능성은 없었다.

괜히 그랬다가 돌아오는 것은 딱 하나뿐이었다.

죽음!

'침착해야 해!'

모용수린이 스스로를 다독였다.

이제부터 상대해야 할 백문성은 권력의 정점에 올라 있는 자였다.

그리고 백문성이 가진 명성과 권력은 진실을 거짓으로 바꾸어 놓을 수 있는 힘을 가지고 있었다.

지금 섣불리 나서 봐야 오히려 당하게 될 것이었다.

'어떻게 해야 하지?'

모용수린이 머리를 움켜쥐었다.

그녀의 이름 앞에 붙어 있는 혜화라는 별호가 부끄럽게 느껴질 정도로 마땅한 생각이 떠오르지 않았다.

거대한 벽과 마찬가지인 거물 백문성을 상대하는 것은 쉽지 않았다.

대체 어디서부터 시작해야 할지도 몰라서 막막할 지경이었다.

그때였다.

서진풍의 얼굴이 떠오른 것은.

"일단은 살아남아요!"

서진풍이 씨익 웃으며 충고했다.

그제야 딱딱하게 굳어 버렸던 머리가 돌아가기 시작했다.

시작점.

백문성을 상대하는 시작점은 간단했다.

모든 진실을 알고 있는 모용수린이 일단 살아 있어야만 백문성과의 싸움을 계속할 수 있었다.

백문성이 발걸음을 서둘렀다.

그리고 마침내 동혈에 도착한 백문성의 표정이 무섭게 굳어졌다.

영약이 잡초처럼 자라고 있고, 주변에 기어 다니는 생물체는 모두 영물이며, 기화이초가 우거져 있다고 알려진 천비동.

그런데…… 아무것도 없었다.

영약은 커녕 잡초 하나 없었다.

영물은 커녕 개미 새끼 한 마리 보이지 않았다.

"이게…… 대체 어찌 된 일이지?"

백문성이 망연자실한 표정을 감추지 못한 채 천비동을 둘러보았다.

그런 그의 시선이 한 곳에서 멈추었다.

불을 피운 흔적을 발견한 백문성이 두 눈을 부릅떴다.

이건 누군가 다녀갔다는 증거.

그리고 이곳에 누군가 다녀갔다는 또 하나의 증거가 남아 있었다.

"이것은……?"

반쯤 먹다 버린 산삼의 뿌리에 남은 선명한 이빨 자국.

천비동에 대한 소문은 거짓이 아니었다.

이빨 자국이 남은 산삼 뿌리가 그 증거였다.

다만 불청객이 먼저 다녀갔을 뿐이었다

잘 먹고 갑니다.

땅바닥에 적힌 글귀를 확인한 백문성이 주먹을 꽉 움켜쥐었다.

부르르!

치밀어 오르는 분노로 인해 백문성의 주먹이 떨렸다.

"이런 호로 자식!"

차라리 조용히 처먹고 사라지는 편이 나았다.

동혈 바닥에 남겨진 이 글귀가 백문성의 분노에 불을 당겼다.

"크아아악!

백문성이 가슴속의 분노를 풀 길이 없어 괴성을 내질렀다.

퍼드드득!

그 괴성에 놀란 산새들이 날개짓을 하며 날아올랐다.

12장
차 한잔할까요?

방천호가 침통한 표정을 감추지 못 한 채 김이 모락모락 올라오고 있는 찻잔을 물끄러미 바라보았다.

맹호표국은 괜찮았다.

아니, 괜찮은 정도가 아니었다.

개업 이래 최고의 성세를 구가하고 있었다.

그리고 맹호표국이 성세를 구가하는 데는 목적지가 자청문이었던 이번 표행의 영향이 크게 작용했다.

수많은 난관을 극복하고 표행을 완수했다는 소문이 돌면서 맹호표국에 대한 신뢰는 크게 상승했다.

덕분에 크고 작은 표물 의뢰가 끊이지 않았다.

그렇지만 속사정은 달랐다.

특급 표물의 의뢰를 맡은 표행은 결국 성공했지만, 방천호의 입장에서는 득보다 실이 훨씬 더 많았다.

대외적으로는 표사 셋과 쟁자수 둘을 잃은 것이 전부였으나, 그 쟁자수 둘이 평범한 쟁자수가 아니라는 점이 문제였다.

선대수와 서진풍!

맹호표국을 향후 중원제일의 표국으로 비상케 할 동력이 되리라 의심하지 않았던 두 명의 특별한 쟁자수를 잃었다.

그러니 어찌 방천호의 표정이 좋을 수 있을까?

물론 아직 서진풍의 사체는 발견되지 않은 상태였다.

그렇지만 표행에 직접 나섰던 방천호였기에 복면인들과 염마 곡양이 얼마나 대단한 고수인지 알고 있었다.

서진풍이 그들의 마수를 피해서 살아남았을 가능성은 없었다.

"벌써 석 달 가까이 흘렀군!"

비록 실낱같은 희망이었지만, 방천호는 그 희망을 버리지 않았다.

그래서 서진풍이 어느 날 아무렇지도 않은 얼굴로 다시 출근하기를 기다렸다.

그러나 어느덧 석 달이 흘러 버린 지금, 방천호는 기다림에 지쳐 갔다.

그리고 이제는 서진풍의 죽음을 인정하지 않을 수 없었다.

방천호가 차에는 손도 대지 않은 채 집무실을 빠져나왔다.

맹호표국을 벗어난 방천호가 한숨을 토해 냈다.

표국주가 할 일은 많았다.

그중에서 가장 어려운 일은 자신이 데리고 있던 표두와 표사들의 죽음을 가족들에게 알리는 것이었다.

그리고 방천호는 지금 가장 어려운 일을 하기 위해서 백화장을 찾아가는 길이었다.

공식적으로는 서진풍은 맹호표국의 쟁자수.

원래 쟁자수가 표행 도중 사망했을 경우에는 일일이 찾아가는 대신, 집사를 보내 사망 소식을 알리고 위로금을 지급하는 것이 관례였다.

그렇지만 서진풍은 평범한 쟁자수가 아니었다.

아주 특별한 쟁자수였다.

그뿐인가?

방천호에게 서진풍은 생명의 은인이기도 했다.

그런 그의 죽음을 알리는 데 집사를 보낼 수는 없는 노릇.

직접 백화장으로 찾아갔던 방천호가 백화장 앞에 서 있는 자들을 발견하고 두 눈을 치켜떴다.

'아니, 저자는……?'

청해삼절의 맏형인 관유정이 틀림없었다.

맹호표국의 표두로 초빙하기 위해 삼고초려를 했던 적이 있었기에 방천호는 청해삼절의 맏형인 관유정의 얼굴을 똑똑히 기억하고 있었다.

전혀 뜻밖의 장소에서 다시 관유정을 만나게 된 방천호가 반가운 기색을 감추지 않고 다가가 인사를 건넸다.

"혹시 관 대협이 아니십니까?"

"누군가?"

"절 기억하지 못 하십니까? 맹호표국의 국주인 방천호입니다."

"방천호?"

"일전에 몇 번 찾아뵀던 적이 있는데."

"그랬소? 어쨌든 반갑소."

관유정은 대충 포권을 취한 후 고개를 돌려 버렸다.

길게 얘기를 나누고 싶지 않다는 명백한 의사 표시.

그렇지만 방천호는 쉽게 물러나지 않았다.

맹호표국에 속한 고수였던 선대수와 서진풍이 죽은 상황이었다.

그들의 죽음이 무척 안타깝긴 했지만, 언제까지나 슬퍼만 할 수는 없는 노릇이었다.

방천호는 맹호표국이라는 사업체를 이끌어 가는 국주였고, 선대수와 서진풍의 빈 자리를 메우기 위해서는 또 다른 고수를 영입해야만 했다.

그런 면에서 보자면 관유정을 포함한 청해삼절은 아주 좋은 영입 대상이었다.

"정말 반갑습니다. 꼭 한 번 다시 뵙고 싶었는데 우연찮게 여기서 다시 만나게 되는군요. 저희가 인연은 인연인가 봅니다."

"우연히 만났을 뿐인데 무슨 인연씩이나."

"그 무슨 섭섭한 말씀이십니까? 옷깃만 스쳐도 인연이라는 불가의 말도 있지 않습니까? 그런데 요즘은 어떻게 지내십니까?"

"뭐, 그럭저럭 지내고 있소."

관유정이 곤란한 표정을 지은 채 말끝을 흐리는 것을 방천호는 놓치지 않았다.

'백수 신세지!'

방천호가 속으로 웃음을 지었다.

직업이 직업이다 보니, 방천호는 청해성의 고수들의 근황에 대해서 훤히 꿰뚫고 있었다.

그래서 얼마 전까지 무관인 백일장의 장주로서 잘나가던 관유정이 돌연 백일장을 접고 지금은 백수 신세라는 것을 알고 있었다.

"너무 갑작스럽다는 것은 알고 있지만 제가 욕심이 생겨서 참을 수가 없군요. 저희 맹호표국에서 표두로 일해 보시는 것이 어떻겠습니까?"

"……."

"관 대협께서 제가 드린 제안을 수락해 주시기만 한다면 제 이름을 걸고 최고의 대우를 보장해 드리겠습니다."

"그건 곤란하오."

"왜 곤란하신 겁니까?"

"좀 바빠서 곤란하오."

'백수 주제에 대체 뭐가 바쁘다는 거야?'

방천호가 슬쩍 미간을 찌푸렸다.

하지만 그리 따질 수는 없는 노릇.

그래서 방천호가 넌지시 돌려 말했다.

"지금 당장은 특별히 하고 계신 일이 없는 걸로 알고 있습니다만……."

"일이 있소."

"정말이십니까? 대체 무슨 일을 하고 계십니까?"

"그게……."

예상대로였다.

선뜻 대답하지 못 하고 망설이는 관유정의 반응이 지금 딱히 하는 일이 없는 백수 신세라는 증거였다.

그래서 방천호가 웃으며 덧붙였다.

"자존심이 무슨 대수겠습니까? 저희 맹호표국으로 오시죠."

'뭐, 이런 놈이 다 있어?'

방천호를 노려보던 관유정의 두 눈에 짜증이 떠올랐다.

이쯤 얘기했으면 적당히 알아서 물러나 주면 좋을 것을.

방천호는 눈치가 더럽게 없었다.

'왜 이렇게 끈질기게 달라붙는 거야?'

명색이 청해삼절의 맏형인 자신이 백화장의 수위무사로 일하고 있다는 사실을 들키고 싶지 않았다.

그래서 대충 상대하고 있었지만, 방천호는 쉽게 물러나지 않고 끈덕지게 달라붙었다.

"난 이미 일이 있다고 했네."

"그러니까 무슨 일을 하시냐고 물었지 않습니까?"

"내가 그걸 알려 줘야 할 이유가 있나? 그만 돌아가게."

더 상대하기도 귀찮았다.

그래서 딱 잘라 말했을 때였다.

"우리 백화장의 수위무사지."

뒷짐을 진 채 걸어 나온 서만석이 끼어들었다.

'빌어먹을!'

관유정의 표정이 일그러졌다.

절대 들키고 싶지 않았던 비밀이 드러난 순간, 관유정이 원망 섞인 눈초리로 서만석을 노려보았다.

"왜 그리 보나?"

"아니…… 오."

"내가 틀린 말을 한 것도 아니지 않은가?"

"그건 그렇소."

관유정의 말문이 막혔다.

그래서 슬그머니 고개를 돌려 시선을 피하던 관유정이 하필이면 방천호와 시선이 딱 마주쳤다.

놀라서일까?

입을 쩍 벌리고 있던 방천호가 물었다.

"저 말이 사실입니까?"

"내가 좀 전에 말하지 않았나?"

"……?"

"일을 하고 있다고."

기왕지사 들킨 상황이었다.

그래서 솔직하게 털어놓은 관유정이 짜증 섞인 목소리로 물었다.

"그런데 맹호표국의 국주나 되시는 분께서 여긴 무슨 일로 찾아왔는가?"

"그게 여기서 말씀드리기는 곤란해서……."

"내가 백화장의 수위무사일세. 백화장을 찾아온 용건에 대해서 물을 자격은 충분하지 않은가?"

"부고를 전하러 왔습니다."

'부고?'

뜬금없는 이야기였다.

그래서 관유정이 흥미를 드러낼 때, 서만석이 나섰다.

"무슨 부고를 전한다는 거요?"

"우리 맹호표국 아주 특별한 쟁자수였던, 서진풍 소협의 부고를 전하기 위해서 찾아왔습니다."

두 눈을 껌벅이던 관유정이 새끼손가락으로 귀를 후벼 팠다.

혹시 잘못 들은 게 아닐까 생각했었는데.

서만석의 표정이 무섭게 굳어져 있는 것을 보니 그건 아닌 듯했다.

"방금 뭐라고……."

"방금 뭐라고 했나?"

와락!

서만석이 나서기 전에 관유정이 먼저 나서서 방천호의 멱살을 움켜쥐었다.

"왜 이러…… 십니까?"

당황한 기색이 역력한 방천호의 멱살을 틀어쥔 채 관유정이 다시 소리쳤다.

"방금 뭐라고 했느냐고?"

"그게 저희 맹호표국의 쟁자수였던 서진풍 소협의 부고를 전하러 왔다고……."

"확실해?"

"거의…… 확실합니다."

'거의' 라는 말은 들리지 않았다.

'그러니까 서진풍이…… 죽었다고?'

뜻하지 않게 접한 비보.

아니, 뜻하지 않게 들려온 희소식이었다.

"확실히 죽었단 말이지?"

관유정이 두 눈을 빛냈다.

방 안의 분위기는 침울했다.

방천호는 어떻게 이야기를 풀어내야 할지 몰라서 망설이고만 있었고, 서만석은 아직 충격이 가시지 않은 탓에 정신이 없었다.

"대체 무슨 일인데 그래요?"

아직 사정을 알지 못 하는 서문화경이 무거운 분위기를 견디지 못 하고 먼저 입을 뗐다.

그제야 방천호가 말문을 열었다.

"맹호표국의 국주인 방천호라고 합니다. 진즉에 찾아와서 인사를 드렸어야 했는데. 인사가 너무 늦었습니다."

"지금 인사가 중요한 게 아니라……."

서만석이 언짢은 기색을 감추지 못 하고 입을 열었지만, 말을 끝맺지도 못했다.

방천호가 맹호표국의 국주라는 사실을 알게 된 서문화경이 끼어들었기 때문이었다.

"귀한 손님이 오셨네요. 당신 여기서 뭐해요? 가서 술상을 봐 오지 않고."

"지금 술이나 마시고 있을 땐 줄 아시오? 우리 진풍이가…… 진풍이가……."

"진풍이가 왜요?"

"아니오, 직접 들으시오."

자식의 죽음을 알리는 것은 어려웠다.

그래서 방천호에게 미룬 서만석이 한숨을 내쉴 때였다.

"우리 진풍이가 무슨 사고라도 쳤나요?"

"그게 아니라……."

"편히 말씀하세요."

"서진풍 소협이…… 죽었습니다."

"그게 무슨 소리예요? 우리 진풍이가 죽다니?"

"죄송합니다."

충격 때문일까?

서문화경의 말문이 막혔다.

"괜찮소?"

걱정이 된 서만석이 묻고 나서야, 잠시 초점을 잃고 흔들리던 서문화경의 두 눈에 초점이 돌아왔다.

그리고 그때, 방천호가 품속에서 봉투를 꺼냈다.

"이게 뭡니까?"

"약소하나마 위로금 조로 준비했습니다."

“위로금?”

“서진풍 소협은 우리 맹호표국을 위해서 큰 활약을 해주었던 인재였습니다. 그뿐 아니라 개인적으로도 빚을 졌습니다. 제가 할 수 있는 최대한의 성의 표시입니다.”

그냥 입에 발린 말이 아니었다.

방천호가 진심으로 안타까워하고 있다는 것은 서만석은 느낄 수 있었다.

하지만 서만석은 저 봉투 속에 든 돈을 받을 수 없었다.

자식의 목숨값을 어찌 받는단 말인가?

“도로 가져가시오.”

그래서 방천호가 내민 봉투를 서만석이 도로 돌려주려고 했을 때, 서문화경이 봉투를 낚아챘다.

“당신, 이게 무슨 짓이오?”

“뭐가요?”

“어찌 그 돈을 받을 수 있단 말이오!”

“죽은 사람은 죽은 사람이고, 산 사람은 살아야죠.”

“당신, 정말!”

서진풍이 역정을 냈지만, 서문화경은 눈도 꿈쩍하지 않았다.

그리고 봉투 속에 든 전표를 확인한 후, 눈을 살짝 치켜떴다.

“많이 넣으셨네요.”

10장
기사(奇事)

하아, 하아!

안악산 정상에 도착한 진풍이 거친 숨을 토해 냈다.

피를 너무 흘려서일까?

목이 타는 듯한 갈증이 치밀었다.

“치사하게 두 시진이 뭐야? 두 시진이!”

보진단의 약효가 지속되는 동안, 진풍은 정말 죽어라 신법을 펼쳤다.

그러나 보진단의 약효가 지속되는 시간이 너무 짧았다.

정확히 두 시진이 지나고 나자 다시 본래 모습으로 돌아와 버렸다.

가뜩이나 무거웠던 몸인데 옆구리에 부상까지 입은 탓에

물을 잔뜩 머금은 솜처럼 한 걸음을 떼는 것도 고역이었다.

그래도 편안히 쉴 여유는 없었다.

흑의인을 죽인 덕분에 조금 시간을 벌긴 했지만, 언제 다시 백문성이 보낸 추격자들이 나타날지 몰랐다.

아니, 어쩌면 궁지에 몰린 백문성이 직접 나타날지도 몰랐다.

이제는 보진단도 남아 있지 않았다.

그런 만큼 만약 백문성과 맞닥트리게 된다면 진풍으로서도 아무런 답이 없었다.

'보진단을 복용해도 소용이 없으려나?'

어쨌든 죽는 것보다는 죽을 만큼 힘들더라도 한 걸음이라도 움직이는 편이 나았다

진풍이 이를 악물고 다시 움직였다.

거의 기다시피해서 마침내 안악산 정상까지 오른 진풍이 한숨을 내쉬었다.

까마득한 절벽!

장보도에 그려진 위치가 틀리지 않다면, 천비동은 저 절벽 가운데에 존재했다.

"이래 죽으나 저래 죽으나 마찬가지잖아!"

진풍이 신형을 일으켰다.

여기까지 찾아와서 내려가지 않을 수는 없는 노릇이었다.

두두둑!

육중한 체구 때문에 진풍이 매달리자마자 작은 돌부리들이 무섭게 부러져 나갔다.

까마득한 아래로 떨어져 내린 후 흔적도 없이 사라져 버리는 돌부리들을 보고 있자니 공포가 밀려들었다.

그리고 얼마 내려가지도 않았는데, 양팔이 비명을 내지르기 시작했다.

"진짜 살 좀 빼자!"

진풍이 저주 받은 몸뚱아리를 원망했다.

그리고 거의 울 듯한 표정을 지은 채 천천히 절벽 아래로 내려가고 있던 진풍이 두 눈을 빛냈다.

약 오 장 가량 아래에 뱀굴처럼 시커먼 입구를 드러내고 있는 동혈이 보였다.

'찾았다!'

천비동을 발견한 순간, 진풍이 쾌재를 불렀다.

영약이 문제가 아니었다.

거짓말 하나 안 보태고 진짜 죽을 만큼 힘들었다.

일단 자기 도착하면 쉴 수 있다는 사실이 너무 기뻤다.

그렇지만 너무 일찍 환호성을 터트렸다.

우드득!

진풍의 육중한 체구를 감당하지 못 한 왼팔의 어깨가 빠졌다.

"큭!"

말로 형언하기 힘들 정도로 지독한 통증이 밀려들었다.

게다가 아직 끝이 아니었다.

투두둑!

왼팔에 힘이 들어가지 않은 탓에 육중한 체구를 오른팔 혼자 감당하는 상황에 처하자, 팔꿈치 뼈가 부러져 버렸다.

아직 천비동의 입구까지는 오 장 가까이 남은 상황.

진풍이 아래로 추락하기 시작했다.

부우웅!

엄청난 바람소리가 귓가를 헤집었다.

그리고 꼼짝없이 죽을 위기에 처한 진풍이 이를 악물었다.

'어쩌지?'

마땅한 방법을 찾기 힘들었다.

그래서 필사적으로 머리를 굴리던 진풍이 두 눈을 빛냈다.

'진원진기를 쓰자!'

진풍이 마지막 순간에 떠올린 것은 공교롭게도 잠력격발술이었다.

까마득한 절벽 아래로 떨어져서 죽으나, 진원진기가 고갈돼서 죽으나, 어차피 죽는 것은 마찬가지.

그리고 어차피 죽을 마당이니 아까울 것도 없었다.

결심을 굳힌 진풍이 잠력격발술을 극한으로 끌어 올렸다.

팔꿈치 뼈가 부러져 버린 오른팔은 덜렁거리기만 할 뿐, 진풍의 의지대로 움직이지 않았다.

대신 어깨가 탈골된 왼팔을 움직이기로 했다.

“으아악!”

왼팔을 움직일 때마다 엄청난 고통이 밀려들었다.

진풍이 괴성을 지르며 왼팔을 앞으로 내밀었다.

슈우욱!

단단한 절벽의 바위로 진풍의 손이 거짓말처럼 파고들었다.

출렁!

덕분에 낙하하는 속도가 조금 늦춰진 순간, 진풍이 마지막 힘을 쥐어 짜내 뱃살을 흔들며 그 탄력을 이용해서 신형을 던졌다.

쿵!

‘됐다!’

천비동 안으로 머리부터 떨어진 순간, 진풍이 대자로 뻗었다.

이젠 정말 손가락 끝도 움직일 힘이 남아 있지 않았다.

왈칵!

절벽에 매달린 채 용을 쓰느라 다시 크게 벌어진 옆구리의 상처에서는 선혈이 쏟아져 나왔다.

가뜩이나 손상된 진원진기를 마른 걸레를 쥐어짜듯 모조

리 끌어 쓴 탓에 눈앞이 빙글빙글 돌았다.

'이렇게 죽는 건가?'

진풍이 죽음을 예감한 순간, 마치 기다렸다는 듯이 먼저 간 선대수의 얼굴이 떠올랐다.

—뭐하고 있어?

—힘들어요.

—얼른 일어나!

—진짜 손가락 하나 움직일 힘도 없다니까요.

—엄살 부리지 말고 일어나라니까.

—엄살이 아니라…….

—약속했잖아.

—무슨 약속요?

—나 대신 엿 먹여 준다고 했잖아.

—아, 그랬죠. 그렇긴 한데.

—억울하지 않아?

—뭐가 억울해요?

—기껏 천비동을 찾았는데 제대로 구경도 못 해 보고 이대로 죽으면 너무 억울하지 않아?

—별로요.

—그럼 이건 어때?

—뭐요?

—네가 좋아하는 모용수린이란 아가씨 말이야. 네가 죽으면 어떻게 될까?

—슬퍼하겠죠.

—정말 그럴까? 금방 잊어버릴걸?

—에이, 설마요.

—아우님은 아직 여자에 대해 잘 모르는군. 잠시 슬퍼하겠지만 금세 잊어버리고 딴 놈 만나서 잘 살걸?

—진짜 그럴까요?

—내 말을 못 믿어? 어때? 이제 좀 억울해?

—억울하네요.

—그럼 얼른 일어나.

—일어나야죠. 일어나긴 해야 하는데 진짜 힘이 없어서.

—이것도 안 먹힌단 말이지. 그럼 이건 어때?

—뭐요?

—배고프지 않아?

—고파요.

—여기 먹을 게 널려 있어. 이것들을 놔두고 그냥 죽을 거야? 먹고 죽은 귀신이 때깔도 고운 법이란 말, 몰라?

—진짜 일어나야겠네요.

—그래. 다시 널 기다리고 있는 세상으로 돌아가.

꿈틀.

죽은 듯이 대자로 뻗은 채 미동도 없던 진풍의 손가락이 움직였다.

킁킁.

그리고 진풍이 코를 벌름거렸다.

'어디서 나는 냄새지?'

머릿속을 청아하게 만들어 줄 정도로 달콤한 내음이 풍겨 왔다.

꿀꺽!

진풍이 마른침을 삼켰다.

그러고 보니 한동안 먹은 것이 없었다.

허기진 뱃속을 채우기 위해서 진풍이 청아한 냄새가 풍겨 나오는 곳을 향해서 왼손을 뻗었다.

"큭!"

다시 한 번 통증이 밀려왔지만, 허기가 통증을 이겨 냈다.

진풍이 뻗은 왼손 끝에 뭔가가 잡혔다.

'무?'

둥그스름하면서도 뭉툭한 무처럼 생긴 것을 잡자마자 진풍이 제대로 확인하기도 전에 입으로 가져갔다.

아삭!

한 입 베어 문 순간 진풍이 씨익 웃었다.

당과만큼은 아니었지만 맛있었다.

뱃속에 든 아귀가 무맛을 보자 난리를 쳤다.

꺼어억!

허겁지겁 정신없이 큼지막한 무를 베어서 다 먹은 진풍이 기분 좋게 트림을 하며 히죽 웃었다.

큼지막한 무를 모조리 먹어 치우고 나니 겨우 허기가 가셨다.

그러나 진풍의 입가에 떠올랐던 웃음은 금세 사라졌다.

화르륵!

뱃속이 불덩이처럼 뜨겁게 변한 순간, 진풍의 표정이 일그러졌다.

'왜 이래?'

생각은 길게 이어지지 않았다.

진풍은 그대로 혼절했다.

진풍이 큼지막한 무라고 생각하고 먹은 것은 전설상의 영물인 인형설삼이었다.

극양의 성질을 가진 인형설삼을 제대로 씹지도 않고 통째로 다 먹어 치웠으니, 멀쩡할 리가 없었다.

"무슨 무가 이래?"

다시 정신을 차린 진풍이 불평했다.

자신이 먹은 것이 평범한 무가 아니라 인형설삼라는 사실을 전혀 알지 못 하는 진풍이 인상을 썼다.

한참을 기절했다가 다시 깨어났지만 뱃속은 여전히 불구덩이가 타오르고 있는 것처럼 뜨거웠다.

그리고 큼지막한 무를 먹은 덕분에 허기는 간신히 면했지만, 이번에는 참기 힘들 정도로 갈증이 치밀었다.

"물! 물!"

목이 타 들어갔다.

진풍의 머릿속에 물을 마셔야 한다는 일념밖에 없었다.

그래서 천비동 안을 두리번거리며 살피던 진풍이 작은 웅덩이를 발견하고서 허겁지겁 달려갔다.

첨벙!

작은 웅덩이에 고인 물을 발견한 진풍이 일단 머리를 박았다.

정신없이 물을 들이키던 진풍이 고개를 갸웃했다.

아무리 물을 들이켜도 갈증이 가시지 않았다.

오히려 갈증이 더욱 심해졌다.

"더 마셔야 하나?"

진풍이 다시 물을 들이키기 시작했다.

그렇게 얼마나 시간이 흘렀을까?

작은 웅덩이를 채우고 있던 물이 어느새 바닥을 드러냈다.

펄떡. 펄떡!

그제야 작은 물웅덩이에 살고 있던 피처럼 붉은색 물고

기가 펄떡거리며 뛰고 있는 것이 보였다.

"이건 또 뭐야?"

진풍이 물고기를 양손으로 움켜쥐었다.

붉은색 물고기는 무척 힘이 좋았다.

"맛있겠네."

진풍이 입맛을 다셨다.

불을 피워서 구워 먹고 싶었다.

그렇지만 땔감이 마땅치 않았다.

그리고 불을 피우기도 귀찮았다.

스윽.

진풍이 소매를 들어서 입가를 타고 흐르는 침을 닦아 냈다.

"일단 먹자!"

겁에 질린 붉은 물고기를 노려보던 진풍이 입을 쩍 벌렸다.

데굴데굴!

진풍이 천비동 바닥을 뒹굴었다.

큼지막한 무를 먹었을 때만 해도, 뱃속이 무척 뜨겁긴 했지만 참지 못 할 정도는 아니었다.

그렇지만 지금은 도저히 참을 수가 없었다.

뭐랄까?

뱃속에 끓는 물을 들이부은 듯한 느낌이었다.

그리고 그 원인은 진풍이 뼈까지 씹어 삼켰던 붉은 물고기였다.

천년화리!

진풍은 몰랐지만 그 물고기의 정체는 천년화리였다.

극양의 성질을 가진 인형설삼을 먹은 대다가 역시 극양의 성질을 가진 천년화리까지 먹었으니 어찌 뱃속에 불길이 일어나지 않을까?

"나 죽네, 나 죽어!"

얼마나 고통이 심한지 뼈가 부러진 고통은 까맣게 잊었을 정도였다.

바닥을 데굴데굴 구르던 진풍이 필사적으로 천비동 내부를 살폈다.

그리고 잠시 뒤, 진풍이 두 눈을 빛냈다.

호로병.

천비동 구석에 호로병이 하나 놓여 있는 것이 보였다.

누가 갖다 놓은 건지는 몰랐다.

또 저 호로병 속에 들어 있는 것이 대체 무엇인지도 몰랐다.

아니, 저 안에 무엇이 들어 있던 상관없었다.

물을 먹고 싶었다.

그래서 필사적으로 기어간 진풍이 호로병을 움켜쥐었다.

그리고 바닥에 벌러덩 드러누운 채 호로병을 입으로 가져가 기울였다.

쪼르륵.

'죽인다!'

벌리고 있던 입속으로 호로병 속에 들어 있던 액체가 들어온 순간, 진풍이 반쯤 감고 있던 두 눈을 부릅떴다.

정신이 번쩍 들 정도로 액체는 시원했다.

그런데 양이 너무 적었다.

겨우 반 모금이나 될까?

'근데 맛이 왜 이래?'

게다가 맛도 좀 이상했다.

비린 맛이 확 풍겼다.

'상했나?'

그렇지만 상한 물이든, 상한 술이든 상관없었다.

지금은 타는 듯한 갈증을 해결하는 것이 더 급했다.

똑. 똑. 똑.

호로병을 거꾸로 든 채 입을 벌리고 한참이나 털어 보았지만, 겨우 한 방울씩 떨어지는 것이 다였다.

그리고 그것도 이내 끊겼다.

감질맛이 나서 돌아 버리려는 순간, 진풍이 고개를 갸웃했다.

'왜 이래?'

뱃속이 부글부글 끓기 시작했다.

콰르릉!

그리고 잠시 뒤, 엄청난 폭음이 진풍의 귓가를 헤집었다.

'이거 도대체 왜 이래?'

콰직!

진풍의 손에 힘이 들어간 탓에 호로병이 부서졌다.

그 순간, 진풍이 다시 기절했다.

기사(奇事)!

인형설삼에 천년화리, 거기에 공청석유까지 한꺼번에 뱃속에 털어 넣고도 아직 숨이 붙어 있는 것은 말 그대로 기사였다.

전대미문의 사건!

일단 인형설삼과 천년화리, 공청석유를 한꺼번에 복용한 사람조차도 없었다.

게다가 영약의 성질과 특징을 구분하지 않고, 거지처럼 막 주워 먹고서는 숨이 붙어 있는 경우도 없었다.

하지만 진풍은 여전히 살아 있었다.

그리고 그 이유는 공교롭게도 청해삼절에게서 배웠던 잠력격발술 때문이었다.

잠력격발술로 인해서 진풍의 진원진기는 손상된 상태였고, 천비동에 들어오기 위해서 절벽을 내려오다가 위기에 닥친 순간 또 한 번 잠력격발술을 펼치는 바람에 아예 진원진기가 바닥난 상태였다.

그런 상황에서 진풍은 세 가지 영약을 동시에 복용했다.

보통 사람이었다면 영약의 기운을 받아들이는 그릇을 넘쳐서 죽었어야 했지만, 진풍의 경우는 조금 달랐다.

세가지 영약은 진풍의 고갈된 진원진기를 다시 만드는 작업에 가장 먼저 쓰였고, 그 덕분에 진풍이 지금까지 숨이 붙어 있는 것이었다.

물론 진풍은 그런 사실을 몰랐다.

그저 용암이 들끓듯 부글부글 끓어오르던 뱃속이 편안해져서 일단 다행이라고 생각하고 있었을 뿐이었다.

"죽을 뻔했네."

진풀이 고개를 절레절레 흔들었다.

"내가 거지도 아니고 아무거나 막 주워 먹지 말아야지."

아무래도 상한 음식을 주워 먹어서 배탈이 난 것이라는 말도 안 되는 착각을 하면서 진풍이 반성했다.

'근데 진짜 괜찮나?'

진풍이 가부좌를 틀고 앉았다.

뱃속이 안정되면서 조금 여유가 생기자, 일단 몸 상태를 확인해 봐야겠다는 생각이 먼저 들었다.

'응?'

운기행공을 위해 무심코 내력을 끌어 올리려던 진풍이

두 눈을 치켜떴다.

몸 상태가 이상했다.

나쁘게 이상한 것이 아니라 좋게 이상했다.

"왜 이렇게 몸이 가볍지?"

청해삼절을 만나서 잠력격발술을 사용한 후로는 늘 물 먹은 솜처럼 몸에 기운도 없고 축 처졌었다.

그런데 지금은 달랐다.

이유까지는 알 수 없었지만, 전신에 활력이 넘쳤다.

생기가 막 샘솟는 느낌이랄까.

나쁘지 않은 기분.

그래서 씨익 웃은 진풍이 평소와 다름없이 진기를 끌어 올렸다가 너무 놀라서 하마터면 주화입마에 걸릴 뻔했다.

"이거 뭐야?"

늘 쥐꼬리만큼의 진기가 일어났을 뿐이었는데, 지금은 상황이 달랐다.

뭐랄까?

반딧불과 달빛의 차이랄까.

진풍이 의지를 일으키자마자 마치 해일처럼 거세게 일어나는 진기를 확인한 순간, 덜컥 겁이 날 정도였다.

보진단을 복용했을 때도 이 정도는 아니었다.

어쨌든 나쁜 것은 아니었다.

진원진기가 다시 채워지고, 이전에 비해서 내력이 비교

할 수 없을 정도로 늘어난 것은 분명히 좋은 일이었다.

그래서 운기행공을 포기한 진풍이 잠시 생각에 잠겼다.

갑자기 자신에게 이런 변화가 찾아온 이유는 아무리 생각해도 하나뿐이었다.

무, 물고기, 그리고 상한 술.

인형설삼과 천년화리, 공청석유였다는 사실까지는 알지 못 하는 진풍이었지만, 적어도 그 정도는 알았다.

"그러니까 이게 다 영약이란 말이지?!"

진풍이 씨익 웃었다.

엉겁결에 주워 먹었던 것들이 모두 영약이라는 사실을 깨달은 진풍이 천비동 내부를 살폈다.

아직 끝이 아니었다.

천비동 내부에는 정체를 알 수 없는 영약들이 늘려 있었다.

기화이초와 정체를 알 수 없는 벌레들, 잡초처럼 보이는 풀들까지.

진풍이 동혈의 바위틈에 아무렇게나 자라고 있는 풀을 향해 다가갔다.

잡초처럼 생긴 풀을 뽑아내자, 도라지처럼 생긴 뿌리가 딸려 나왔다.

"그러니까 이게 잡초가 아니란 말이지."

진풍은 꿈에도 몰랐지만 방금 진풍이 잡초라 생각하고

대충 뽑아낸 것은 오백 년 묵은 산삼이었다.

사가각!

대충 흙을 털어 낸 진풍이 산삼을 베어 물며 씩 웃었다.

"내가 다 먹는다!"

"어떤 놈인지 알아냈나?"

적영이 도착하자마자 숨 돌릴 틈도 주지 않고 백문성이 물었다.

"서진풍입니다."

"서진풍? 별호는?"

"없습니다."

"별호가…… 없다?"

백문성이 의아한 시선을 던졌다.

아직 별호가 없다는 것은 세상에 알려지지 않았다는 뜻이었다.

그리고 이런 경우 가능성은 크게 두 가지였다.

하나는 실력을 감춘 채 살아가는 은거 고수일 경우였고, 나머지 하나는 별호를 가질 자격이 없을 정도로 실력이 없는 경우였다.

'어느 쪽일까?'

서진풍이라는 뚱뚱한 놈은 실력을 감춘 채 살아가는 은거 고수라기에는 너무 젊었다.

후자일 가능성이 높았지만 마음에 걸리는 것이 있었다.

묵영!

오랫동안 곁에 두었던 수하였기에 백문성은 묵영의 무공 수위에 대해 누구보다 잘 알고 있었다.

무르익은 절정 고수.

절정의 벽을 뛰어넘어 초절정 고수가 될 날이 머지않았던 것이 묵영이었다.

그런 묵영이 서진풍이라는 놈의 손에 죽었다.

'과연 이게 가능할까?'

백문성이 한숨을 내쉬며 다시 물었다.

"맹호표국의 표두였나?"

"표두가 아니었습니다."

"그럼 총표두였는가?"

"쟁자수입니다."

"쟁자수……? 확실한가?"

"확실합니다."

적영의 목소리는 확신에 차 있었다.

방천호를 비롯한 맹호표국의 표사들에게 몇 번씩이나 확인한 후였기 때문이었다.

"이게 말이 된다고 생각하나? 고작 쟁자수에게 묵영이 당했다고?"

백문성도 적영의 보고가 잘못됐다고 여기는 것은 아니

었다.

다만 너무 아귀가 맞지 않아서 언성을 높인 것이었다.

"여전히 새로운 소식은 없나?"

"아직…… 입니다."

적영의 대답을 들은 백문성이 눈살을 찌푸렸다.

한 번 꼬이기 시작하자, 어느 것 하나 제대로 굴러가는 것이 없었다.

서진풍이라는 놈은 뚱뚱했다.

그것도 그냥 뚱뚱한 것이 아니라 압도적으로 뚱뚱했다.

그래서 행방을 찾는 것이 어렵지 않을 거라 예상했다.

하지만 주변을 이 잡듯 샅샅이 뒤졌지만, 서진풍을 봤다는 목격자는 아무도 나타나지 않았다.

"어떻게 생각해?"

"이미 죽었을 가능성이 높습니다."

"왜 그렇게 판단한 거지?"

"첫 번째 이유는 핏자국입니다. 바닥에 떨어진 피의 양으로 추측컨대 중상입니다. 이 정도 부상을 입었다면 의원을 찾아가 치료를 받아야 합니다. 그렇지만 주변 의원들을 모조리 찾아가 조사했지만, 서진풍의 모습은 보이지 않았습니다."

"두 번째 이유는?"

"목격자가 없기 때문입니다. 서진풍이라는 자는 신체적

특징이 뚜렷해서 한 번 본 사람들이라면 절대 잊기 힘듭니다. 그럼에도 불구하고 인근에서 서진풍과 흡사한 자를 본 목격자가 아무도 나타나지 않았습니다."

"그래서…… 이미 죽었다?"

적영의 대답은 꽤 논리정연 했다.

백문성으로서도 딱히 트집을 잡을 부분이 없을 정도였다.

그렇지만 왜일까?

자꾸 신경이 쓰였다.

그리고 뭔가를 놓치고 있다는 생각이 들었다.

'범위를 넓혀서 다시 한 번 수색하라고 지시할까?'

백문성이 고심할 때, 적영이 조심스럽게 입을 뗐다.

"돌아가셔야 합니다."

"……."

"더 시간을 지체하시면, 군사가 눈치를 챌 수도 있습니다."

백문성이 미간을 찌푸렸다.

적영의 충고는 옳았다.

무림맹이 군사를 맡고 있는 제갈명은 눈치가 빠른 편이었다.

초절정의 벽을 넘기 위해서 폐관수련에 들어간다고 미리 말해 두었지만, 부재 기간이 길어지면 의심하기 시작하리라.

'아직은 좋은 맹주로 남아 있어야 할 때지!'

백문성은 가면을 쓴 채 살았다.

그리고 그 가면을 무척 불편했다.

만약 이번 일만 뜻대로 풀려서 천비동을 차지했다면, 원대한 계획의 완성을 앞당길 수 있었을 텐데.

그랬다면 불편한 가면을 벗어 버릴 수 있었을 텐데, 라는 생각이 들자 백문성의 심기가 더욱 불편해졌다.

그러나 백문성은 산전수전을 다 겪은 인물이었다.

자신의 감정을 제어할 정도의 능력은 갖고 있었다.

'조금 늦어질 뿐이야!'

백문성의 이번 행보에 아무런 소득도 없었던 것은 아니었다.

천비동의 위치가 그려진 사 등분된 장보도 가운데, 세 장을 얻었다.

그리고 이 정도의 정보가 있다면 앞으로 무림맹의 정보력을 총동원한다면 멀지 않은 시간에 천비동의 위치를 알아낼 수 있을 거라는 확신이 들었다.

싸늘하게 변한 묵영의 시신을 바라보던 백문성이 결심을 굳히고 입을 뗐다.

"돌아가지!"

11장
환골탈태

천비동에는 영약이 지천으로 널려 있었다.

잡초처럼 동혈 구석구석에서 막 자라고 있는 풀때기도 기본이 최소 삼백 년 이상 묵은 산삼이었다.

말 그대로 영약의 보고.

강호인이라면 누구나 눈이 뒤집히고도 남을 대단한 영약들이 널려 있었지만, 진풍은 서두르지 않았다.

사가각!

동혈 바닥에서 아무렇게나 막 자라고 있던 천 년 묵은 삼을 한 입 베어 문 진풍이 꼭꼭 씹으며 중얼거렸다.

"거지처럼 한꺼번에 막 주워 먹으면 안 돼. 또 배탈 날라."

멋모르고 영약들을 허겁지겁 주워 먹다가 이미 배탈이 난 경험이 있었던 덕분에, 진풍은 신중했다.

하루에 딱 하나씩의 영약만 삼켰다.

허기가 졌지만, 진풍은 꾹 참았다.

배가 아픈 것보다는 고픈 것이 낫다고 판단했기 때문이었다.

"맛은 없네!"

얼마 남지 않은 산삼 뿌리를 입속에 털어 넣으며 진풍이 불평을 터트렸다.

잔뿌리 하나라도 먹고 싶어 안달이 난 강호인들이 들었다면 입에 거품을 물고 달려들 배부른 불평이었지만, 다행히 천비동 안에는 아무도 없었다.

꿀꺽.

잔뿌리 하나 남김없이 산삼을 삼킨 진풍이 바로 가부좌를 틀었다.

영약을 먹고 운기행공을 하는 것이 요새 새로 생긴 습관이었다.

그리고 새로 생긴 습관은 재미가 쏠쏠한 편이었다.

아무 영약이나 주워 먹을 때마다 내력이 쑥쑥 늘어가는 것이 느껴졌다.

그러니 어찌 재밌지 않을까?

진풍이 운기행공을 위해서 진기를 끌어 올렸다.

두두둥.

이전과는 비교할 수 없을 정도로 강한 진기가 단전에서 샘솟으며 전신혈도를 통해 휘몰아쳤다.

기분 좋은 감각.

하지만 진풍의 표정은 살짝 굳어졌다.

'왜 늘지를 않지?'

한동안은 영약을 복용할 때마다, 내력이 쑥쑥 늘어나는 것이 느껴졌다.

그런데 요 며칠간은 내력이 늘지 않았다.

'얼마나 흘렀지?'

진풍이 운기행공을 멈춘 채 천비동에 들어온 지 얼마나 흘렀는지 떠올려 보았다.

어느덧 한 달이 넘는 시간이 훌쩍 흘러 있었다.

신선놀음에 도끼 자루 썩는지 모른다더니.

영약 먹는 재미에 빠진 사이, 시간을 빠르게 흘러가고 있었다.

그 사실을 깨달은 진풍이 천비동을 둘러보았다.

아직 영약은 많이 남아 있었다.

그렇지만 내력이 늘지를 않는데 더 많은 영약을 먹는다고 해서 무슨 소용일까.

'이제 슬슬 돌아갈까?'

진풍이 고민에 잠겼다.

쪼르륵.

술잔을 채우는 백문성을 제갈명이 유심히 바라보았다.

그 시선을 느꼈을까.

백문성이 술잔을 입으로 가져가며 물었다.

"왜 그리 보는가? 내 얼굴에 뭐가 묻기라도 했나?"

"폐관수련의 성과는 있었습니까?"

"별로였네."

"그랬습니까?"

"젊을 때는 폐관수련을 하면 무공이 쑥쑥 느는 것이 느껴져서 재밌었는데. 나이가 드니 무공도 잘 늘지 않는군. 이래서 늙으면 인생이 재미가 없다는 말이 생겼는가 보네."

백문성이 씁쓸하게 웃으며 대답했다.

그렇지만 제갈명은 그 말을 순순히 믿지 않았다.

"정말 나이가 들어서 무공의 성취가 늘지 않는 거라 생각하십니까?"

"그럼 다른 이유가 있단 말인가?"

"이것저것 신경 쓸 일이 많아서 무공 수련에 집중을 하지 못 하시기 때문일 수도 있습니다."

"뭐, 그 말도 틀린 말은 아니군. 무림맹주라는 자리가 워낙 바쁘고 신경 쓸 일들이 많긴 하지."

날 선 대화가 이어졌다.

능구렁이처럼 대수롭지 않게 슬쩍 넘어가려는 백문성을 바라보던 제갈명이 다시 질문을 던졌다.

"요새 가장 신경이 쓰이시는 일이 무엇입니까?"

"늘 똑같지."

"……?"

"이 강호의 평화를 어떻게 하면 유지할 수 있을까 하는 것이 가장 신경이 쓰이지."

대화는 겉돌았다.

이대로라면 이 대화에 의미가 없다고 판단한 제갈명이 좀 더 날카로운 질문을 던졌다.

"그래서 무림맹의 정보망을 다른 곳에 투입하고 계신 겁니까?"

"무슨 소린가?"

"비천각 요원들에게 특이한 명령을 내리시지 않으셨습니까? 중원 전역의 산세를 조사하라니. 지도라도 만드실 생각이십니까?"

"아, 그것 말인가?"

백문성이 그제야 말귀를 알아들은 표정을 지었다.

"내게 정보가 들어왔네."

"무슨 정보 말씀이십니까?"

"사마외도의 세력이 준동할 준비를 하고 있다더군. 깊은 산속에서 세력을 규합하고 있다는데 어딘지 확실치가 않아서 비천각 요원들에게 명령을 내렸네. 미리 찾아내서 화근의 불씨를 제거하는 게 좋지 않은가?"

"정말 그 이유 때문이십니까?"

"그럼 다른 이유가 무엇이 있겠나?"

'천비동!'

불쑥 입 밖으로 내뱉을 뻔했던 말을 제갈명이 간신히 삼켰다.

제갈명은 무림맹의 군사였다.

백문성이 미처 알지 못 하는 수하들을 데리고 있었다.

그리고 그 수하들 가운데 한 명인 모용수린의 보고 내용은 충격적이었다.

그 보고가 사실이라면 백문성은 당장 무림맹주 자리에서 물러나는 것은 물론이고, 무림공적으로 지목돼야 했다.

그렇지만 제갈명은 신중하게 접근했다.

워낙 사안이 중대했고, 모용수린의 증언 말고는 뚜렷한 증거가 아직 없었기 때문이었다.

"욕심이 과하면 화를 부르는 법입니다."

"욕심이 없다면 어찌 사람이라 할 수 있겠는가?"

"이 자리에 만족하지 못 하시는 겁니까?"

"불편하네."

"……?"

"남들은 어찌 생각할지 몰라도 직접 이 자리에 앉아 있는 나는 이 자리가 불편하네. 그리고 이 대화도 불편하기 그지없군."

백문성의 입가에 머물러 있던 사람 좋은 웃음이 순간 사라졌다.

그것을 확인한 제갈명의 표정이 굳어졌다.

"그만 물러나겠습니다."

"그리하게."

제갈명이 신형을 일으켜 집무실을 나가려는 순간, 백문성이 한마디를 덧붙였다.

"날 믿게."

'왜지?'

진풍이 고개를 갸웃했다.

하루도 빼놓지 않고 영약을 복용했다.

그런데 어느 순간부터인가 더 이상 내력이 늘지 않았다.

정체!

고심에 잠겼던 진풍이 한숨을 내쉬었다.

천비동에는 영약 외엔 먹을 게 없었다.

혹시 탈이 날지도 모른다는 생각에 영약을 하루에 하나씩만 먹었다.

그리고 영약은 작았다.

수백 년 묵은 산삼이라고 해 봐야 어른 손바닥보다도 작았다.

그걸 먹고 배가 찰 리 없었다.

시도 때도 없이 찾아오는 허기가 진풍은 괴롭혔다.

“당과도 먹고 싶고. 고기도 먹고 싶고.”

늘 풀뿌리만 먹고 살다 보니 당과와 고기 생각이 간절했다.

“에이, 몰라.”

진풍이 자리에서 벌떡 일어났다.

그리고 천비동에 늘려 있는 영약들을 모조리 끌어모았다.

산삼과 기화이초, 지네처럼 생긴 정체를 알 수 없는 커다란 벌레들까지.

“설마 죽기야 하겠어!”

진풍이 천비동에서의 마지막 만찬을 준비했다.

꿈틀꿈틀.

지네처럼 생긴 벌레들은 징그러웠다.

어지간하면 그냥 생으로 씹어 삼키려고 했지만, 도저히 엄두가 나지 않았다.

그래서 진풍이 불을 지피기로 결심했다.

그런데 마땅한 땔감이 없었다.

고심 끝에 진풍이 산삼 뿌리와 잎들을 모아 땔감으로 사용했다.

“향은 좋네!”

산삼 뿌리가 타면서 만들어 내는 향은 기가 막혔다.

그 위에 커다란 벌레들을 던져 넣었다.

타닥타닥!

열기에 고통의 몸부림을 치던 벌레들이 익기 시작했다.

"오, 냄새도 그럴듯하네!"

객잔의 숙수들이 요리해 내는 고기만은 못 했지만, 이것만 해도 감지덕지였다.

진풍이 더 기다리지 못 하고 벌레들을 꺼냈다.

기화이초에 벌레들을 싸서 입속에 넣고 정신없이 먹었다.

그래도 배가 고팠다.

진풍은 땔감 대용으로 사용했던 산삼 뿌리들까지 털어서 모조리 입속으로 털어 넣고서야 배를 두드렸다.

"이제 좀 허기가 가시네."

불룩 튀어나온 배를 어루만지며 만족스런 웃음을 짓던 진풍의 표정이 굳어졌다.

"어?"

배가 계속 나왔다.

금방이라도 터질 것처럼 부풀어 오르는 배를 확인한 진풍이 공포에 질렸다.

"이러다가 진짜 터지는 거 아냐?"

진풍이 재빨리 가부좌를 틀고 앉았다.

그리고 운기행공을 위해 진기를 끌어 올렸다.

화르륵!

무심코 진기를 끌어 올리던 진풍이 화들짝 놀랐다.

영약들을 모아서 한꺼번에 먹었더니 역시 효과가 있었다.

정체 상황에 빠져서 더 이상 늘지 않던 내력이 갑자기 늘어 있었다.

그리고 그게 다가 아니었다.

'왜 이래?'

거칠게 일어난 진기는 진풍의 의지와 상관없이 제멋대로 움직이기 시작했다.

진풍이 제어해 보려고 애써 봤지만, 마치 스스로의 의지를 가진 살아 있는 생물체처럼 통제를 벗어났다.

통제불능!

진풍이 당황하고 있는 사이에도 진기는 진풍의 전신을 제집 마냥 멋대로 헤집고 다녔다.

콰콰콰쾅!

노도와 같은 진기가 전신 혈도를 헤집었다.

그때마다 엄청난 통증이 밀려들었다.

간신히 정신을 부여잡고 있던 진풍이 전신 혈도를 헤집고 나서 다시 단전을 향해 돌아오는 진기를 확인하고 안도했다.

그러나 너무 일찍 안도했다.

'크흑!'

진풍이 헛숨을 삼키며 후회했다.

'한꺼번에 너무 많이 먹지 말걸!'

하지만 너무 늦은 후회였다.

지금 진풍의 단전으로는 노도와 같은 진기를 감당하기에 그릇의 크기가 부족했다.

단전을 채우고도 흘러넘치는 진기들이 뭉치기 시작했다.

콰가가각!

진기들이 단전을 공격했다.

이를 악물었지만 고통을 참기 힘들었다.

진풍이 할 수 있는 것은 그저 정신을 놓지 않기 위해 애쓰는 것뿐이었다.

진기들에게 공격당한 단전이 풍선처럼 부풀어 올랐다가 다시 작아지기를 수백 번씩이나 반복했다.

툭, 투둑!

진풍의 이가 부러졌다.

그러나 진풍은 그 사실도 깨닫지 못했다.

단전 어림에서 전해지는 통증이 너무 지독했기 때문이었다.

'죽는 거 아냐?'

퍼뜩 죽음에 대해 떠올렸을 때, 단전을 공격하던 진기들의 움직임이 멈추었다.

더 이상 부풀어 오르거나 수축하지 않는 단전은 멋지게

변해 있었다.

이전에 비해서 훨씬 단단하고 커졌다.

'끝났나?'

불행히도 끝이 아니었다.

진풍의 생각이 끝나기도 전에, 단전을 새로 구성하고도 남아 있던 진기들이 다시 통제를 벗어난 채 전신 혈도를 헤집기 시작했다.

한 번, 두 번, 그리고…….

진풍이 기억하는 것은 다섯 번째까지였다.

지독한 고통을 더 견디지 못 한 진풍은 가부좌를 튼 채로 정신을 잃었다.

그럼에도 불구하고 진기는 계속 움직였다.

콰앙!

각기 다른 방향으로 움직이던 두 가닥의 진기가 부딪혔다.

들썩!

기절한 상태의 진풍의 신형이 들썩였다.

임독양맥의 타통!

기연 중의 기연이 찾아왔지만, 이미 기절한 진풍은 임독양맥이 타통되었다는 사실도 알지 못 했다.

쿠구구궁!

마치 힘겨루기를 하듯 팽팽하게 맞서던 두 가닥의 진기

들이 마침내 하나로 합쳤다.

그로 인해 더욱 강해진 진기가 다시 기절해 버린 진풍의 혈도를 헤집고 돌아다니기 시작했다.

'죽었나?'

정신이 든 진풍이 가장 먼저 떠올린 생각이었다.

죽어도 이상할 것이 없는 지독한 고통이었다.

아니, 죽은 것이 당연했다.

눈을 뜰 생각도 하지 못 하고 드러누워 있던 진풍이 코를 벌름거렸다.

'이건 뭔 냄새야?'

악취!

말로 형언하기 힘들 정도로 지독한 악취가 콧속으로 파고들었다.

'지옥이구나!'

천당에서 이런 악취가 풍길 리 없었다.

그래서 죽어서 지옥에 떨어진 거라 판단한 진풍이 한숨을 내쉬었다.

'어떤 지옥도가 펼쳐져 있으려나?'

마음 같아서는 눈을 뜨고 싶지도 않았다.

그렇지만 앞으로도 계속 머물러야 할 지옥을 눈으로 확인해 보지 않을 수 없었다.

그래서 실눈을 떴던 진풍이 의아한 표정을 지었다.

머리에 뿔 달린 괴물이 자신을 노려보고 있을지도 모른다고 걱정했던 것과 달리, 천비동의 전경이 보였다.

물론 천비동은 예전과 달랐다.

영약과 기화이초들로 덮여 있던 천비동은 이제 잡초 한 포기 남아 있지 않을 정도로 삭막하게 변해 있었다.

'살았어?'

진풍이 벌떡 몸을 일으켰다.

그 순간, 진풍이 황당한 표정을 지었다.

그저 몸을 일으켜 앉으려고 했을 뿐인데, 자신의 신형이 천비동 천장에 닿을 정도로 뛰어올랐기 때문이었다.

'뭐야, 이거?'

몸이 가벼웠다.

보진단을 복용했을 때와는 비교할 수 없을 정도로.

진풍이 아래를 내려다보았다.

손이 보였다.

늘 두툼한 살점에 묻혀 있던 손이었는데.

손가락이 길어져 있었다.

그리고 뼈가 만져졌다.

그게 다가 아니었다.

헐렁하기 그지없는 무복!

그 무복을 확인한 진풍이 펄쩍 뛰었다.

쿵!

천비동에 머리를 부딪힌 진풍이 인상을 구겼다.

그런데 단단한 바위에 부딪혔는데도 별로 머리가 아프지 않았다.

"환골…… 탈태!"

진풍이 양손을 번쩍 들어 올렸다.

불가능할 거라 여겼는데.

천비동에 늘려 있던 영약들 덕분에 환골탈태에 성공한 것임을 알아챈 진풍이 만세를 불렀다.

기연 중의 기연!

물론 위기도 있었다.

한꺼번에 너무 많은 영약을 복용했기 때문에 고비가 찾아왔다.

그런데 인생이란 정말 알 수 없는 것이었다.

잠력격발술!

진풍의 인생을 절망의 늪으로 밀어 넣었던 잠력격발술이 결정적인 순간에 오히려 도움이 되었다.

"인생 참!"

워낙 경황이 없던 도중에 갑자기 영약들을 복용했던 터라, 얼마 전까지만 해도 진풍은 그 사실을 몰랐다.

그러나 이번에 영약들의 효과로 단전이 새로 만들어지고, 환골탈태를 겪는 과정을 고스란히 지켜보았기에 이제는 진풍도 알았다.

잠력격발술이 자신을 살렸다는 것을.

"너무 몰아붙이면 안 되겠네!"

진풍이 잠력격발술을 전수했던 청해삼절을 떠올렸다.

지금 울분과 눈물을 머금은 채 백화장의 문지기를 맡고 있는 청해삼절을 너무 가혹하게 몰아붙이지 않기로 결심한 진풍이 씨익 웃으며 천비동을 둘러보았다.

진풍이 싹싹 긁어 먹은 천비동에 남아 있는 것은 거의 없었다.

아직 남아 있던 다섯 뿌리의 산삼을 대충 뽑아서 흙을 털어 낸 진풍이 배낭 속에 고이 모셔 넣었다.

그렇게 산삼까지 캐고 나자, 이제 천비동에는 정말 풀 한 포기, 벌레 한 마리 남아 있지 않았다.

더 이상 여기 머물 이유가 없었다.

"자, 이제 슬슬 돌아가 볼까?"

진풍이 천비동 입구로 향했다.

까마득한 절벽 한가운데 위치한 천비동의 입구에 선 진풍이 고개를 좌우로 꺾었다.

예전이었다면 다시 이 절벽을 올라갈 엄두도 내지 못 했으리라.

그러나 환골탈태를 한 지금은 달랐다.

이렇게 몸이 가벼운 적이 없었다.

기분 같아서는 태산도 단숨에 뛰어오를 수 있을 것 같았다.

콱!

진풍이 진기를 끌어 올려 튀어나온 바위를 움켜쥐었다.

몸이 가벼워져서일까?

어깨나 팔에 부담이 느껴지지 않았다.

"하압!"

순식간에 절벽을 올라가던 진풍이 도중에 멈추었다.

그리고 애써 오른 절벽을 다시 내려왔다.

"그냥 가긴 좀 그러네."

다시 천비동 안으로 돌아온 진풍이 동혈 가운데 주저앉았다.

"입이 심심하네."

배낭 속에 손을 집어넣은 진풍이 산삼 한 뿌리를 꺼내 간식 대용으로 베어 물며 손가락으로 흙바닥에 글씨를 적기 시작했다.

잘 먹고 갑니다.

"맛없네!"

절반쯤 먹은 산삼을 집어 던진 진풍이 다시 몸을 일으켰다.

작별 인사도 남겼으니 이제 정말 떠날 시간이었다.

콱!

진풍이 절벽을 빠르게 오르기 시작했다.

"찾아냈습니다."

"어딘가?"

"안악산입니다."

적영의 보고를 들은 백문성이 아무런 표정의 변화 없이 희미하게 고개를 끄덕였다.

하지만 내심은 달랐다.

두근두근!

심장이 뛰었다.

그리고 격동이 치밀었다.

마침내 오랫동안 준비했던 계획이 완성 단계에 접어들었다는 사실이, 그리고 불편하기 짝이 없던 가면을 벗어던질 때가 다가왔다는 사실이 백문성의 심장을 거칠게 뛰게 만들고 있었다.

"가지!"

백문성이 지체하지 않고 집무실을 빠져나왔다.

물론 바로 안악산으로 찾아가지는 않았다.

백문성은 제갈명을 먼저 찾아갔다.

"다녀올 곳이 있네."

"어디를 가십니까?"

"안악산이네."

"안악산? 거기까지 무슨 일로 가시는 겁니까?"

"사마외도의 무리들이 안악산에 숨어 있다는 정보가 들어왔네."

제갈명이 자신에게 의심을 품고 있다는 사실쯤은 알고 있었다.

그래서일까?

백문성의 설명을 들었음에도 제갈명의 두 눈에는 불신의 빛이 떠올라 있었다.

"사실입니까?"

"물론 사실이네."

"맹주님께서 직접 나서실 필요가 있습니까?"

"……?"

"현무단이나 용봉단을 보내도 충분하지 않겠습니까?"

"그건…… 안 되네."

"이유를 물어도 되겠습니까?"

제갈명의 지적은 날카로웠다.

그래서 백문성은 살짝 당황했다.

천비동의 위치를 알아냈다는 사실로 인해 너무 흥분한 나머지 제대로 된 대답을 미처 준비하지 못 한 탓이었다.

"내가 시작한 일이니…… 내 손으로 끝내야겠네."

"뜻이 정히 그러시다면 그리하십시오. 현무단을 데려가십시오."

"아닐세. 나 혼자 가겠네."

"위험할……."

"내 실력을 믿지 못 하는가? 한낱 사마외도의 무리 따위는 나 혼자서도 충분히 처리할 수 있네."

"그렇지만……."

"이번 기회에 폐관수련 동안 얻은 성취도 확인해 보고 싶기도 하고."

"지난번에 아무런 성취도 얻지 못 했다고 하지 않으셨습니까?"

"아예 얻은 게 없는 건 아닐세."

"그럼…… 알겠습니다."

제갈명이 마지못한 표정으로 수긍했다.

하지만 제갈명의 의심은 모조리 사라진 것이 아니었다.

여전히 두 눈에 불신의 빛이 남아 있었다.

'이제 얼마 남지 않았지!'

제갈명과의 대화를 마친 백문성이 바로 맹을 떠났다.

한시가 급했다.

그래서 지친 말을 바꿔 가면서 마차를 쉬지 않고 움직였다.

무림맹을 떠난 후 마차에서 숙식을 해결하며 이동한 지

보름째.

백문성은 마침내 안악산에 도착했다.

"개미 새끼 한 마리도 접근하지 못 하도록 해라."

백문성이 적영에게 명령했다.

"존명!"

적영의 대답을 한 귀로 흘리며 백문성이 신법을 펼쳤다.

안악산 정상에 오른 백문성의 입이 귀에 걸렸다.

환혼대법.

영약을 먹여 가며 최고의 무공을 전수한 영재들은 강하게 변했다.

지금 당장 강호에 나온다고 해도 적수를 찾아보기 힘드리라.

그렇지만 백문성은 그것으로 만족할 수 없었다.

어느 누구도 감히 상대할 수 없을 정도로 압도적으로 강해져야만, 원하던 대업을 이룰 수 있었다.

도검불침!

그래서 백문성이 원하는 것은 도검불침의 경지였다.

그리고 그 경지에 이르기 위해서 필요한 것은 영약이었다.

문제는 영재들의 수는 무려 서른이나 된다는 것이었다.

서른이나 되는 영재들을 모두 도검불침의 경지까지 끌어올리기 위해 필요한 영약의 양은 막대했다.

돈을 주고 구한 영약으로는 턱없이 모자랐다.

"그래서 천비동이 필요했지!"

천비동 안에는 엄청난 양의 영약이 존재했다.

마침내 대업을 이룰 기회가 찾아왔음을 깨달은 백문성이 가슴이 떨리는 것을 억누르고 절벽 아래로 신형을 날렸다.

콱. 콱. 콱!

수강을 일으켜 절벽에 손을 쑤셔 넣으며 마침내 절벽 가운데 위치한 천비동에 도착한 백문성의 표정이 밝아졌다.

알싸한 약향!

막 입구에 도착했을 뿐인데도 벌써 약향이 코를 찔렀다.

'이건 뭐지?'

기꺼운 표정을 짓고 있던 백문성이 미간을 좁혔다.

'탄내?'

약 향 사이로 탄내가 섞여 있었다.

하지만 백문성은 곧 좁힌 미간을 폈다.

"극양의 성질을 가진 영약 때문이로군!"

천비동 안에 남아 있는 탄내는 진풍이 산삼 뿌리를 땔감 대신 태웠기 때문이었다.

하지만 백문성은 그 사실을 꿈에도 몰랐다.

그래서 극양의 성질을 가진 영물 탓에 탄내가 여긴 거라 판단한 것이었다.

"어서 가 보자!"

백문성이 발걸음을 서둘렀다.

그리고 마침내 동혈에 도착한 백문성의 표정이 무섭게 굳어졌다.

영약이 잡초처럼 자라고 있고, 주변에 기어 다니는 생물체는 모두 영물이며, 기화이초가 우거져 있다고 알려진 천비동.

그런데…… 아무것도 없었다.

영약은 커녕 잡초 하나 없었다.

영물은 커녕 개미 새끼 한 마리 보이지 않았다.

"이게…… 대체 어찌 된 일이지?"

백문성이 망연자실한 표정을 감추지 못한 채 천비동을 둘러보았다.

그런 그의 시선이 한 곳에서 멈추었다.

불을 피운 흔적을 발견한 백문성이 두 눈을 부릅떴다.

이건 누군가 다녀갔다는 증거.

그리고 이곳에 누군가 다녀갔다는 또 하나의 증거가 남아 있었다.

"이것은……?"

반쯤 먹다 버린 산삼의 뿌리에 남은 선명한 이빨 자국.

천비동에 대한 소문은 거짓이 아니었다.

이빨 자국이 남은 산삼 뿌리가 그 증거였다.

다만 불청객이 먼저 다녀갔을 뿐이었다

잘 먹고 갑니다.

땅바닥에 적힌 글귀를 확인한 백문성이 주먹을 꽉 움켜쥐었다.

부르르!

치밀어 오르는 분노로 인해 백문성의 주먹이 떨렸다.

"이런 호로 자식!"

차라리 조용히 처먹고 사라지는 편이 나았다.

동혈 바닥에 남겨진 이 글귀가 백문성의 분노에 불을 당겼다.

"크아아악!

백문성이 가슴속의 분노를 풀 길이 없어 괴성을 내질렀다.

퍼드드득!

그 괴성에 놀란 산새들이 날개짓을 하며 날아올랐다.

12장
차 한잔할까요?

방천호가 침통한 표정을 감추지 못 한 채 김이 모락모락 올라오고 있는 찻잔을 물끄러미 바라보았다.

맹호표국은 괜찮았다.

아니, 괜찮은 정도가 아니었다.

개업 이래 최고의 성세를 구가하고 있었다.

그리고 맹호표국이 성세를 구가하는 데는 목적지가 자청문이었던 이번 표행의 영향이 크게 작용했다.

수많은 난관을 극복하고 표행을 완수했다는 소문이 돌면서 맹호표국에 대한 신뢰는 크게 상승했다.

덕분에 크고 작은 표물 의뢰가 끊이지 않았다.

그렇지만 속사정은 달랐다.

특급 표물의 의뢰를 맡은 표행은 결국 성공했지만, 방천호의 입장에서는 득보다 실이 훨씬 더 많았다.

대외적으로는 표사 셋과 쟁자수 둘을 잃은 것이 전부였으나, 그 쟁자수 둘이 평범한 쟁자수가 아니라는 점이 문제였다.

선대수와 서진풍!

맹호표국을 향후 중원제일의 표국으로 비상케 할 동력이 되리라 의심하지 않았던 두 명의 특별한 쟁자수를 잃었다.

그러니 어찌 방천호의 표정이 좋을 수 있을까?

물론 아직 서진풍의 사체는 발견되지 않은 상태였다.

그렇지만 표행에 직접 나섰던 방천호였기에 복면인들과 염마 곡양이 얼마나 대단한 고수인지 알고 있었다.

서진풍이 그들의 마수를 피해서 살아남았을 가능성은 없었다.

"벌써 석 달 가까이 흘렀군!"

비록 실낱같은 희망이었지만, 방천호는 그 희망을 버리지 않았다.

그래서 서진풍이 어느 날 아무렇지도 않은 얼굴로 다시 출근하기를 기다렸다.

그러나 어느덧 석 달이 흘러 버린 지금, 방천호는 기다림에 지쳐 갔다.

그리고 이제는 서진풍의 죽음을 인정하지 않을 수 없었다.

방천호가 차에는 손도 대지 않은 채 집무실을 빠져나왔다.

맹호표국을 벗어난 방천호가 한숨을 토해 냈다.

표국주가 할 일은 많았다.

그중에서 가장 어려운 일은 자신이 데리고 있던 표두와 표사들의 죽음을 가족들에게 알리는 것이었다.

그리고 방천호는 지금 가장 어려운 일을 하기 위해서 백화장을 찾아가는 길이었다.

공식적으로는 서진풍은 맹호표국의 쟁자수.

원래 쟁자수가 표행 도중 사망했을 경우에는 일일이 찾아가는 대신, 집사를 보내 사망 소식을 알리고 위로금을 지급하는 것이 관례였다.

그렇지만 서진풍은 평범한 쟁자수가 아니었다.

아주 특별한 쟁자수였다.

그뿐인가?

방천호에게 서진풍은 생명의 은인이기도 했다.

그런 그의 죽음을 알리는 데 집사를 보낼 수는 없는 노릇.

직접 백화장으로 찾아갔던 방천호가 백화장 앞에 서 있는 자들을 발견하고 두 눈을 치켜떴다.

'아니, 저자는……?'

청해삼절의 맏형인 관유정이 틀림없었다.

맹호표국의 표두로 초빙하기 위해 삼고초려를 했던 적이 있었기에 방천호는 청해삼절의 맏형인 관유정의 얼굴을 똑똑히 기억하고 있었다.

전혀 뜻밖의 장소에서 다시 관유정을 만나게 된 방천호가 반가운 기색을 감추지 않고 다가가 인사를 건넸다.

"혹시 관 대협이 아니십니까?"

"누군가?"

"절 기억하지 못 하십니까? 맹호표국의 국주인 방천호입니다."

"방천호?"

"일전에 몇 번 찾아뵀던 적이 있는데."

"그랬소? 어쨌든 반갑소."

관유정은 대충 포권을 취한 후 고개를 돌려 버렸다.

길게 얘기를 나누고 싶지 않다는 명백한 의사 표시.

그렇지만 방천호는 쉽게 물러나지 않았다.

맹호표국에 속한 고수였던 선대수와 서진풍이 죽은 상황이었다.

그들의 죽음이 무척 안타깝긴 했지만, 언제까지나 슬퍼만 할 수는 없는 노릇이었다.

방천호는 맹호표국이라는 사업체를 이끌어 가는 국주였고, 선대수와 서진풍의 빈 자리를 메우기 위해서는 또 다른 고수를 영입해야만 했다.

그런 면에서 보자면 관유정을 포함한 청해삼절은 아주 좋은 영입 대상이었다.

“정말 반갑습니다. 꼭 한 번 다시 뵙고 싶었는데 우연찮게 여기서 다시 만나게 되는군요. 저희가 인연은 인연인가 봅니다.”

“우연히 만났을 뿐인데 무슨 인연씩이나.”

“그 무슨 섭섭한 말씀이십니까? 옷깃만 스쳐도 인연이라는 불가의 말도 있지 않습니까? 그런데 요즘은 어떻게 지내십니까?”

“뭐, 그럭저럭 지내고 있소.”

관유정이 곤란한 표정을 지은 채 말끝을 흐리는 것을 방천호는 놓치지 않았다.

‘백수 신세지!’

방천호가 속으로 웃음을 지었다.

직업이 직업이다 보니, 방천호는 청해성의 고수들의 근황에 대해서 훤히 꿰뚫고 있었다.

그래서 얼마 전까지 무관인 백일장의 장주로서 잘나가던 관유정이 돌연 백일장을 접고 지금은 백수 신세라는 것을 알고 있었다.

“너무 갑작스럽다는 것은 알고 있지만 제가 욕심이 생겨서 참을 수가 없군요. 저희 맹호표국에서 표두로 일해 보시는 것이 어떻겠습니까?”

“…….”

“관 대협께서 제가 드린 제안을 수락해 주시기만 한다면 제 이름을 걸고 최고의 대우를 보장해 드리겠습니다.”

“그건 곤란하오.”

“왜 곤란하신 겁니까?”

“좀 바빠서 곤란하오.”

‘백수 주제에 대체 뭐가 바쁘다는 거야?’

방천호가 슬쩍 미간을 찌푸렸다.

하지만 그리 따질 수는 없는 노릇.

그래서 방천호가 넌지시 돌려 말했다.

“지금 당장은 특별히 하고 계신 일이 없는 걸로 알고 있습니다만…….”

“일이 있소.”

“정말이십니까? 대체 무슨 일을 하고 계십니까?”

“그게…….”

예상대로였다.

선뜻 대답하지 못 하고 망설이는 관유정의 반응이 지금 딱히 하는 일이 없는 백수 신세라는 증거였다.

그래서 방천호가 웃으며 덧붙였다.

“자존심이 무슨 대수겠습니까? 저희 맹호표국으로 오시죠.”

'뭐, 이런 놈이 다 있어?'

방천호를 노려보던 관유정의 두 눈에 짜증이 떠올랐다.

이쯤 얘기했으면 적당히 알아서 물러나 주면 좋을 것을.

방천호는 눈치가 더럽게 없었다.

'왜 이렇게 끈질기게 달라붙는 거야?'

명색이 청해삼절의 맏형인 자신이 백화장의 수위무사로 일하고 있다는 사실을 들키고 싶지 않았다.

그래서 대충 상대하고 있었지만, 방천호는 쉽게 물러나지 않고 끈덕지게 달라붙었다.

"난 이미 일이 있다고 했네."

"그러니까 무슨 일을 하시냐고 물었지 않습니까?"

"내가 그걸 알려 줘야 할 이유가 있나? 그만 돌아가게."

더 상대하기도 귀찮았다.

그래서 딱 잘라 말했을 때였다.

"우리 백화장의 수위무사지."

뒷짐을 진 채 걸어 나온 서만석이 끼어들었다.

'빌어먹을!'

관유정의 표정이 일그러졌다.

절대 들키고 싶지 않았던 비밀이 드러난 순간, 관유정이 원망 섞인 눈초리로 서만석을 노려보았다.

"왜 그리 보나?"

"아니…… 오."

"내가 틀린 말을 한 것도 아니지 않은가?"

"그건 그렇소."

관유정의 말문이 막혔다.

그래서 슬그머니 고개를 돌려 시선을 피하던 관유정이 하필이면 방천호와 시선이 딱 마주쳤다.

놀라서일까?

입을 쩍 벌리고 있던 방천호가 물었다.

"저 말이 사실입니까?"

"내가 좀 전에 말하지 않았나?"

"……?"

"일을 하고 있다고."

기왕지사 들킨 상황이었다.

그래서 솔직하게 털어놓은 관유정이 짜증 섞인 목소리로 물었다.

"그런데 맹호표국의 국주나 되시는 분께서 여긴 무슨 일로 찾아왔는가?"

"그게 여기서 말씀드리기는 곤란해서……."

"내가 백화장의 수위무사일세. 백화장을 찾아온 용건에 대해서 물을 자격은 충분하지 않은가?"

"부고를 전하러 왔습니다."

'부고?'

뜬금없는 이야기였다.

그래서 관유정이 흥미를 드러낼 때, 서만석이 나섰다.

"무슨 부고를 전한다는 거요?"

"우리 맹호표국 아주 특별한 쟁자수였던, 서진풍 소협의 부고를 전하기 위해서 찾아왔습니다."

두 눈을 껌벅이던 관유정이 새끼손가락으로 귀를 후벼 팠다.

혹시 잘못 들은 게 아닐까 생각했었는데.

서만석의 표정이 무섭게 굳어져 있는 것을 보니 그건 아닌 듯했다.

"방금 뭐라고……."

"방금 뭐라고 했나?"

와락!

서만석이 나서기 전에 관유정이 먼저 나서서 방천호의 멱살을 움켜쥐었다.

"왜 이러…… 십니까?"

당황한 기색이 역력한 방천호의 멱살을 틀어쥔 채 관유정이 다시 소리쳤다.

"방금 뭐라고 했느냐고?"

"그게 저희 맹호표국의 쟁자수였던 서진풍 소협의 부고를 전하러 왔다고……."

"확실해?"

"거의…… 확실합니다."

'거의' 라는 말은 들리지 않았다.

'그러니까 서진풍이…… 죽었다고?'

뜻하지 않게 접한 비보.

아니, 뜻하지 않게 들려온 희소식이었다.

"확실히 죽었단 말이지?"

관유정이 두 눈을 빛냈다.

방 안의 분위기는 침울했다.

방천호는 어떻게 이야기를 풀어내야 할지 몰라서 망설이고만 있었고, 서만석은 아직 충격이 가시지 않은 탓에 정신이 없었다.

"대체 무슨 일인데 그래요?"

아직 사정을 알지 못 하는 서문화경이 무거운 분위기를 견디지 못 하고 먼저 입을 뗐다.

그제야 방천호가 말문을 열었다.

"맹호표국의 국주인 방천호라고 합니다. 진즉에 찾아와서 인사를 드렸어야 했는데. 인사가 너무 늦었습니다."

"지금 인사가 중요한 게 아니라……."

서만석이 언짢은 기색을 감추지 못 하고 입을 열었지만, 말을 끝맺지도 못했다.

방천호가 맹호표국의 국주라는 사실을 알게 된 서문화경이 끼어들었기 때문이었다.

"귀한 손님이 오셨네요. 당신 여기서 뭐해요? 가서 술상을 봐 오지 않고."

"지금 술이나 마시고 있을 땐 줄 아시오? 우리 진풍이가…… 진풍이가……."

"진풍이가 왜요?"

"아니오, 직접 들으시오."

자식의 죽음을 알리는 것은 어려웠다.

그래서 방천호에게 미룬 서만석이 한숨을 내쉴 때였다.

"우리 진풍이가 무슨 사고라도 쳤나요?"

"그게 아니라……."

"편히 말씀하세요."

"서진풍 소협이…… 죽었습니다."

"그게 무슨 소리예요? 우리 진풍이가 죽다니?"

"죄송합니다."

충격 때문일까?

서문화경의 말문이 막혔다.

"괜찮소?"

걱정이 된 서만석이 묻고 나서야, 잠시 초점을 잃고 흔들리던 서문화경의 두 눈에 초점이 돌아왔다.

그리고 그때, 방천호가 품속에서 봉투를 꺼냈다.

"이게 뭡니까?"

"약소하나마 위로금 조로 준비했습니다."

"위로금?"

"서진풍 소협은 우리 맹호표국을 위해서 큰 활약을 해주었던 인재였습니다. 그뿐 아니라 개인적으로도 빚을 졌습니다. 제가 할 수 있는 최대한의 성의 표시입니다."

그냥 입에 발린 말이 아니었다.

방천호가 진심으로 안타까워하고 있다는 것은 서만석은 느낄 수 있었다.

하지만 서만석은 저 봉투 속에 든 돈을 받을 수 없었다.

자식의 목숨값을 어찌 받는단 말인가?

"도로 가져가시오."

그래서 방천호가 내민 봉투를 서만석이 도로 돌려주려고 했을 때, 서문화경이 봉투를 낚아챘다.

"당신, 이게 무슨 짓이오?"

"뭐가요?"

"어찌 그 돈을 받을 수 있단 말이오!"

"죽은 사람은 죽은 사람이고, 산 사람은 살아야죠."

"당신, 정말!"

서진풍이 역정을 냈지만, 서문화경은 눈도 꿈쩍하지 않았다.

그리고 봉투 속에 든 전표를 확인한 후, 눈을 살짝 치켜떴다.

"많이 넣으셨네요."

"서 소협이 우리 맹호표국을 위해서 해 준 것에 비하면 약소합니다."

"일단 잘 받을게요."

봉투를 받아 챙긴 서문화경이 다시 입을 뗐다.

"조금 전에 약소하다고 했었죠?"

"네? 네!"

"그럼 부탁 하나 더 들어주시면 안 될까요?"

"무슨 부탁입니까?"

"우리 순풍이를 아시죠?"

"물론 알고 있습니다."

"우리 순풍이에게 총표두 자리를 맡겨 주시면 안 될까요?"

"총표두…… 말씀이십니까?"

"그래요, 총표두! 그만한 능력이 충분한 아이입니다."

너무 갑작스런 제안이어서일까.

방천호가 선뜻 대답하지 못 하고 고민에 잠겼다.

그 대화를 듣고 있던 서만석이 더 참지 못 하고 서문화경의 손에 들려 있던 봉투를 빼앗았다.

"당신, 대체 이게 무슨 짓이오!"

"당신이야말로 지금 무슨 짓이에요? 지금 방 국주님과 대화하고 있는 것 안 보여요?"

"진풍이는 우리 자식이오! 그런데 자식이 죽은 것을 가지고 장사를 하려는 게 말이 된다고 생각하시오?!"

"아까도 얘기했잖아요. 산 사람은 살아야 한다고."

"당신, 정말……."

"뭐요?"

"당신에게 진심으로 실망했소."

"실망하면 어쩔 건데요?"

"두 번 다시 당신과 말을 섞지 않겠소."

"뭐요?"

"자식의 목숨값으로 흥정을 해서 얼마나 잘살지 내 똑똑히 지켜보겠소."

서문화경과 같은 공간에 있는 것이 싫었다.

그녀의 숨소리조차도 역겨웠다.

그래서 서만석이 자리를 박차고 일어나 문을 열고 나가려다가 멈칫했다.

순풍이가 문 앞에 서 있는 것이 보였다.

"순풍아!"

"아버지!"

"그래, 진풍이가…… 죽었다."

"들었습니다."

"좋겠구나."

"……?"

"진풍이가 죽은 덕분에 총표두가 될 테니."

후우.

서만석이 한숨을 내쉬었다.

'대체 어쩌다 이렇게까지 됐을까?'

백화장을 다시 일으켜 세우고 싶었다.

그래서 백방으로 분주히 뛰어다니느라 집안에는 신경을 쓸 겨를이 없었다.

아내인 서문화경에게 집안을 맡겼다.

잘해 주겠지.

자식들을 잘 키워 주겠지.

서문화경을 믿었다.

하지만 서문화경을 믿은 것이 실수였다.

그리고 그 결과가 바로 지금이었다.

'최악이로군!'

모든 것이 엉망진창으로 변해 버렸다.

우웩!

헛구역질이 나오려는 것을 간신히 참고 서둘러 걸음을 옮기려고 했을 때, 순풍이의 목소리가 들렸다.

"잘못됐어요."

"응?"

"아무리 생각해도 이건 아닌 것 같아요."

혼잣말처럼 중얼거리던 순풍이가 말릴 새도 없이 방문을 열었다.

"안 합니다."

그 말을 듣고서 서만석이 고개를 돌렸다.

"지금 뭐라고 한 거냐?"

"총표두 안 한다고요."

"그게 무슨 말도 안 되는……."

"표국도 그만두겠습니다."

"뭐라고?"

"저는 표두를 맡을 정도의 능력이 없습니다."

"……."

"그리고 제가 하고 싶은 일도 아니었습니다. 더 늦기 전에 제가 하고 싶은 일을 하면서 살겠습니다."

"무슨 헛소리냐? 네가 할 수 있는 게 뭐가 있다고!"

서문화경의 언성이 높아졌다.

서슬 퍼런 서문화경의 기세에 눌려서 순풍이가 도중에 입을 다물 거라 여겼는데.

서만석의 예상은 보기 좋게 빗나갔다.

순풍이는 하고자 했던 말을 계속 이어 나갔다

"맞습니다. 할 줄 아는 게 아무것도 없습니다."

"그러니 에미가 시키는 대로……."

"늘 어머니가 시키는 대로만 하고 살았습니다. 그랬더니 이 나이 먹도록 할 줄 아는 게 아무것도 없습니다. 난 대체 무엇을 잘하는 걸까요?"

"네놈이…… 네놈이 나한테 어떻게……."

"이제부터라도 찾아볼 생각입니다. 내가 잘하는걸. 그리고 내가 좋아하는걸."

"내가 너를 어찌 키웠는데…… 네가 나한테 어떻게……."

"한동안 찾지 마세요."

순풍이는 매정하게 느껴질 정도로 독한 말들을 줄줄 늘어놓고 나서 돌아섰다.

그리고 벌겋게 얼굴이 상기된 채 서만석의 곁으로 다가온 순풍이 물었다.

"잘한 건가요?"

"잘했다."

"정말 그렇게 생각하세요?"

"그래."

순풍이의 흔들리는 눈동자를 응시하며 서만석이 물었다.

"겁이 난 거냐?"

"……."

"진풍이가 죽고 나니 덜컥 겁이 나서 이러는 거냐?"

"그건 아닙니다."

"그럼?"

"이건 아니라는 생각이 들었습니다."

순풍이가 대답하는 목소리에 힘이 실렸다.

그 얘기를 듣고서 희미하게 고개를 끄덕이던 서만석이 입을 뗐다.

"맹호표국의 표두인 너보다, 지금의 네가 더 자랑스럽다."

"아버지. 어머니는 괜찮을까요?"

"충격이 없지는 않겠지만 괜찮을 게다. 너도 알지 않느냐? 네 어머니, 아주 독한 사람이라는걸."

"아버지, 부탁이 하나 있어요."

"뭐냐?"

"아버지는 어머니 곁을 지켜 주세요."

"싫다."

"아버지!"

"……."

"그래야 마음 편이 떠날 수 있을 것 같아요."

서만석이 한숨을 내쉬었다.

먼 길을 떠나는 자식이었다.

태어나 처음으로 자신의 의지대로 살아보기 위해서 길을 떠나려는 자식의 마음을 무겁게 할 수는 없는 노릇.

이것도 자식을 가진 부모가 감당해야 할 몫이라는 생각이 들었다.

"후우, 그리하마!"

그제야 표정이 밝아진 순풍이 바닥에 엎드려 절을 올렸다.

"가거라."

"건강하십시오. 그리고…… 진풍이는 살아 있을 겁니다."

"응?"

"그렇게 쉽게 죽을 놈이 아니거든요."

순풍이 그 말을 남기고 떠났다.

다시 혼자 남겨진 서만석이 별이 가득한 밤하늘을 올려다보았다.

"이 녀석, 정말 살아 있으려나?"

"잘 살아 있어요."

백화장 담벼락에 앉아 있던 진풍이 작게 대답했다.

"우리 아버지한테 저런 면도 있었네."

늘 어머니에게 잡힌 채 사시던 아버지였는데.

아버지의 저런 단호한 면을 본 것은 오늘이 처음이었다.

"우리 형도 멋있네."

이제는 작은 점으로 변해 버린 형 순풍의 가벼운 뒷모습을 응시하던 진풍이 한숨을 내쉬었다.

그리고 복잡한 감정이 담긴 눈으로 어머니가 계신 방을 바라보던 진풍이 조용히 신형을 날려서 어디론가 사라졌다.

웅성웅성.

모용수린이 객잔에 들어서자마자, 객잔 내부는 소란스럽

게 변했다.

그리고 모용수린이 남궁도의 앞에 앉는 순간, 곳곳에서 탄식 소리가 흘러나왔다.

"선남선녀네!"

"아, 진심 부럽다."

"난 언제 저런 여자랑 한 번 사귀어 보나?"

"인생 참 불공평하네."

모용수린의 귀에 들려오는 이야기들.

나름대로는 작게 말한 것이었지만, 일류 고수인 모용수린이 그 이야기들을 놓쳤을 리 없었다.

기분이 나쁜 것은 아니었다.

이미 익숙한 반응들이었기에 딱히 신경이 쓰이지도 않았다.

다만 예전 기억이 떠올랐다.

서진풍과 객잔에서 만났을 당시에 사람들의 반응에 살짝 기분이 상해서 모용수린은 장난을 쳤었다.

모용수린이 장난기를 감추지 못 하고 슬쩍 팔짱을 꼈을 때, 어쩔 줄 몰라서 당황하며 서진풍은 코피를 쏟았었다.

미안하기도 하고, 재미있기도 했던 기억!

그 기억이 떠올라 희미한 웃음을 머금었던 모용수린의 표정이 이내 굳어졌다.

'살아는 있을까?'

서진풍과는 자청문 앞에서 헤어진 것이 마지막이었다.

그 후로 무려 석 달 가까이 흘렀지만, 서진풍은 돌아오지 않았다.

당시에 서진풍은 꼭 살아서 돌아올 거라고 약속했다.

하지만 세상사가 꼭 뜻대로만 되는 것은 아니었다.

그래서 시간이 흐를수록 걱정도 더욱 커졌다.

'그때 붙잡았어야 했는데.'

모용수린이 늦은 후회를 하고 있을 때였다.

"이봐!"

"……."

"내 말 안 들려?"

"네? 뭐라고 했어요?"

너무 깊이 생각에 잠긴 터라, 남궁도가 부르는 것도 듣지 못 했을 정도였다.

실수를 깨달은 모용수린이 미안한 표정을 짓고 있을 때, 남궁도가 입을 열었다.

"무슨 근심이라도 있나?"

"솔직히 없지는 않네요."

"말하지 마."

"네?"

"초면인 여자의 근심거리에 귀를 기울이고 별 쓸모도 없는 충고를 건넬 정도로 내가 한가하지가 않거든."

"……?"

"왜 만나자고 했지? 바쁜 사람을 불렀으면 용건이 있을 것 아냐?"

"남궁 소협, 제가 이렇게 만나자고 한 이유는……."

"잠깐."

"왜 그러죠?"

"내 성은 남궁이 아니라……."

"아니, 당신 성은 남궁이 맞아요. 남궁세가주의 둘째 아들이란 사실을 이미 알고 있어요."

"……."

"굳이 감출 필요 없어요. 어쨌든 소문이 틀리지는 않았네요."

"무슨 소문?"

"남궁 소협이 괴팍하고 자존심이 강하다는 세간의 소문요."

남궁도는 성격이 괴팍해서 사람을 만나는 것을 극도로 꺼린다고 알려져 있었다.

그리고 지금까지 나눈 짤막한 대화만으로도 그의 성격이 평범하지 않다는 것을 대충 짐작할 수 있었다.

그뿐이 아니었다.

자신의 신분을 감추려고 하면서도 남궁도라는 이름을 계속 사용하는 것이 그가 자존심이 강하다는 것을 알려 주는 증거였다.

"소문은 와전되기 마련이지."

"아주 틀린 것 같지는 않은데요."

"내 성격이 조금 특이하긴 하지만 괴팍하지는 않아."

"정말 그럴까요?"

"내 괴팍한 성격에 대해서 토론이나 하려고 날 불러낸 건 아닐 테고. 날 불러낸 진짜 이유를 말해 봐."

남궁도의 재촉을 들은 모용수린이 본론을 꺼냈다.

"당신의 형님에 대해서 드릴 이야기가 있어서 불렀어요."

엽차를 입으로 가져가던 남궁도가 멈칫했다.

"우리 형에 대한 이야기라고?"

"맞아요."

"어떤 이야기지?"

"당신이 형을 찾기 위해서 남궁세가에서 나왔다는 것을 알고 있어요."

"쓸데없는 이야기는 그만두고 어서 형에 대한 이야기나 해 봐. 만약 아무 영양가도 없는 이야기라면……."

"살아 있어요."

남궁도의 말을 도중에 자르며 모용수린이 덧붙였다.

챙그랑!

남궁도의 손에 들려 있던 엽차가 담긴 잔이 바닥에 떨어져 깨졌다.

그렇지만 남궁도는 그 사실도 깨닫지 못 하고 석상처럼 굳어져 있었다.

"확실해?"

"틀림없어요."

"무슨 근거로 형이 살아 있다고 확신하는 거지?"

"들었어요."

"누구한테 무슨 얘기를 들었다는 거야?"

"당신의 형과 내 오라버니를 납치했던 사람에게서 아직 살아 있다는 이야기를 직접 들었어요."

세상사에 아무런 관심이 없는 사람처럼 무심하기 그지없던 남궁도의 눈빛이 변했다.

두 눈을 빛내던 남궁도가 물었다.

"그놈이 누구지?"

"알고 싶나요?"

"당연하지."

"당신에게 대답해 주기 전에 미리 할 말이 있어요. 아마 쉽게 믿기 힘들 거예요. 그리고 두려워질 거예요."

"……."

"만약에 누구의 소행인지 알면 어쩔 생각이에요?"

"죽여야지."

"우리가 상대해야 할 자가 엄청난 거물이라고 해도 그 생각은 변함없어요?"

"설령 상대가 마교의 교주나 무림맹주라고 해도 내 생각은 바뀌지 않아."

"그렇다면 얘기해도 되겠네요."
"무슨 뜻이지?"
"그 두 사람 중의 한 명이거든요."
충격을 받은 표정이 역력하던 남궁도가 다시 입을 뗐다.
"역시 마교의 소행이었군."
"확률은 반반인데 잘못 짚었어요."
"마교가 아니라면……."
"무림맹주 백문성. 그가 범인이에요."
남궁도의 말문이 막혔다.
그런 그의 반응을 살피던 모용수린이 물었다.
"범인을 알고 나니 겁이 나요?"
"두려운 게 아니라, 믿기 어렵군."
"나도 그랬어요. 하지만 사실이에요."
쉽게 믿기 어려운 걸까?
다시 곰곰이 생각에 잠겨 있던 남궁도가 물었다.
"왜 그런 짓을 한 거지?"
"욕심 때문이죠."
"욕심?"
"강호의 절반밖에 가지지 못 했으니까."
"그럴 수도 있겠군."
사람의 욕심은 끝이 없는 법이었다.
그 사실을 잘 알고 있는 남궁도는 굳이 부연설명을 덧붙이지 않았음에도 알아들었다.

"마지막으로 하나만 더 묻지."

"뭐죠?"

"왜 내게 이 얘기를 꺼내 놓는 거지?"

"당신이 알고 싶어 할 것 같아서예요. 그리고……."

"그리고?"

"당신도 가족을 잃은 고통을 겪었으니까."

"제대로 찾아왔군!"

남궁도가 입매를 일그러트리며 처음으로 웃었다.

웃는 모습도 제법 잘 어울린다는 생각을 하고 있을 때, 남궁도가 다시 입을 열었다.

"그래서 이제 어쩔 생각이지?"

"같은 편을 만들어야죠."

"같은 편을 만든다?"

"가족을 잃은 고통을 겪은 사람들은 우리만이 아니니까요."

"서둘러야겠군!"

성미 급한 남궁도가 먼저 일어났다.

첫 번째 조력자를 얻은 모용수린이 객잔에 홀로 남겨진 순간, 다시 작은 목소리들이 들려오기 시작했다.

"둘이 연인은 아닌 것 같지?"

"그래. 분위기가 너무 사무적이었잖아."

"그럼 내가 한 번 들이대 볼까?"

"될까?"

"용기 있는 자가 미인을 얻는다는 말 몰라?"

하여간 사내들이란.

혀를 찬 모용수린이 막 일어서려고 했을 때였다.

흑의를 입은 사내가 탁자 앞으로 다가왔다.

"미리 경고하죠."

"……."

"내가 요새 기분이 안 좋으니까 곱게 가시는 게 신상에 좋을 거예요."

모용수린이 착 가라앉은 목소리로 말했지만, 흑의를 입은 사내는 말귀를 알아듣지 못했다.

쉽게 물러나지 않고 버티고 있는 흑의인을 향해 고개를 든 순간, 모용수린이 두 눈을 부릅떴다.

"같이 차 한잔할까요?"

흑의 사내, 서진풍이 제안했다.

〈『귀환당룡』 제5권에서 계속〉

1판 1쇄 찍음 2014년 10월 16일
1판 1쇄 펴냄 2014년 10월 21일

지은이 | 서유락
펴낸이 | 정 필
펴낸곳 | 도서출판 **뿔미디어**

편집장 | 이재권
기획 · 편집 | 윤영상
편집디자인 | 김병희

출판등록 | 2002년 9월 11일 (제1081-1-132호)
주소 | 경기도 부천시 원미구 상동로 117번길 49(상동) 503호 (우)420-861
전화 | 032)651-6513 / 팩스 032)651-6094
E-mail | bbulmedia@hanmail.net
홈페이지 | http://bbulmedia.com

값 8,000원

ISBN 979-11-315-3658-2 04810
ISBN 979-11-7003-297-7 04810 (세트)

※파본은 구입하신 서점에서 교환하여 드립니다.

http://www.bbulmedia.com

http://www.bbulmedia.com